KB042265

매니지먼트의 제왕

매니지
먼트의
제왕 8

초판 1쇄 인쇄일 2018년 2월 09일 ㅣ **초판 1쇄 발행일** 2018년 2월 14일

지은이 펜쇼 ㅣ **펴낸이** 곽동현 ㅣ **담당편집 팀장** 이범수
편집부 신연제 김예리 이윤아 홍현주 김유진 조서영 임소담 정요한 김미경 박수빈

펴낸곳 (주)조은세상 ㅣ **출판등록** 제 2002-23호
주소 경기도 연천군 미산면 청정로 1355
TEL 편집부 02)587-2966 ㅣ FAX 02)587-2922
e-mail bukdu@comics21c.co.kr

펜쇼 ⓒ 2017
ISBN 979-11-6171-655-8 ㅣ ISBN 979-11-6171-198-0(set) ㅣ 값 8,000원

매니지
먼트의
제왕

8

NEO MODERN FANTASY STORY

펜쇼 현대판타지 장편소설

펜쇼 현대판타지 장편소설

NEO MODERN FANTASY STORY

CONTENTS

펜쇼 현대판타지 장편소설

NEO MODERN FANTASY STORY

CONTENTS

매니지먼트 제왕

1장. 상상만으로도 즐거운

정호와 눈이 마주치는 순간, 강여운은 상황을 파악할 수 있었다.

'이 오빠가 나를 골려먹으려고……'

물론 단순히 골려 먹으려고 그런 게 아니란 걸 강여운도 알았다.

신인 시절, 예능에서 댄스로 큰 화제를 불러일으킨 바 있던 강여운이었다.

그때는 그게 왜 화제가 됐는지 몰랐지만, 닳고 닳은 배우가 된 지금은 알고 있었다.

자신의 노래와 춤 실력은 정말 개판이었다.

그래서 사람들은 그 모습에 열광했다.

뭐든지 잘할 것 같은 스타급 배우가 허술한 모습을 보일 때, 시청자들은 강한 친밀감을 느끼기 때문이었다.

'이번에도 분명 큰 화제가 되겠지…… 〈레드, 월 스트리트〉의 홍보에도 분명 좋은 일이야……. 하지만 나만 당할 생각은 없어!'

이렇듯 순식간에 생각을 정리한 강여운이 손을 번쩍 들었다.

"잠깐!"

그러자 밀키웨이 〈러닝〉의 간주가 꺼지고 모든 방청객의 시선이 강여운에게 집중됐다.

잠시간의 침묵이 토크쇼 스튜디오를 잠식했다.

코난 맥과이어조차도 덩달아 긴장한 기색이었다.

방송 사고는 편집으로 어떻게 처리된다지만 방금의 일로 강여운의 기분이 상했다면 남은 방송분 촬영에 차질을 빚게 될 수도 있었기 때문이었다.

하지만 잠시 후, 강여운이 미소를 지어 보이자 침묵은 씻은 듯 날아갔고 토크쇼 스튜디오는 다시금 활기를 되찾았다.

미소를 띤 채 강여운이 말했다.

"제가 어떻게 노래와 춤을 잘 추는지 아시고…… 다만 모르는 게 있으신 거 같은데, 사실 저는 제 담당 매니저와 함께 노래와 춤을 즐기곤 한답니다. 오늘도 이 무대로 불러 같이 노래와 춤을 선보이고 싶은데, 괜찮을까요?"

강여운의 말에 정호가 주춤주춤 뒷걸음질을 쳤고 카메라가 그런 정호를 잡았다.

그러자 방청객들이 환호하기 시작했다.

코난 맥과이어도 우렁찬 목소리로 분위기를 부추겼다.

"물론이죠! 여러분, 박수로 환영해주십시오! 오늘 이 자리에서 환상의 무대를 선보일, 강여운 양의 담당 매니저님을 모시겠습니다!"

정호는 〈코난 토크쇼〉의 스태프들에게 등이 떠밀려 무대에 올랐다.

그렇게 다른 설명 없이 다시 밀키웨이 〈러닝〉의 간주가 흘러나오기 시작했다.

그 뒤, 정호와 강여운의 환상적인 무대가 코난 맥과이어와 방청객의 눈앞에서 펼쳐졌다.

결론부터 말하자면 〈코난 토크쇼〉는 정말 웃음바다가 됐다.

정호와 강여운은 우열을 가릴 수 없는 음치이자 몸치였다.

하지만 둘 다 자존심이 강한 편이었고, 그런 까닭에 이 무대에서 노래와 춤을 잘하고자 하는 열망이 있었다.

그게 다른 사람들로 하여금 더 큰 재미를 주었다.

더 열정적으로 노래를 부르고 춤을 출수록 무대는 완벽하게 망가졌으니깐.

게다가 무대 도중 정호와 강여운이 나눈 대사가 번역되어 자막으로 나가면서 이 장면은 〈코난 토크쇼〉 역대급 장면 중 하나가 되었다.

"오빠, 그 부분을 그렇게 부르면 어떡해요!"

"너나 옆으로 똑바로 움직여. 속초 대게도 그렇게는 안 움직이겠다."

정말 예능신이 점지한 마케팅 전략이나 다름없었다.

〈코난 토크쇼〉에서 펼친 정호와 강여운의 '〈러닝〉 따라 하기' 영상은 북미 전역으로 퍼졌 나갔다.

[뭐야ㅋㅋㅋ 이거ㅋㅋㅋㅋㅋ? 이 사람, 〈라스트 위크〉의 강여운 아닌가? 왜 여기서 이러고 있는 거지?ㅋㅋㅋㅋㅋ]

[신작이 나와서 홍보하려고 나왔대ㅋㅋㅋㅋ 〈레드, 월 스트리트〉인가?ㅋㅋㅋㅋㅋ]

[홍보하러 나와서 이래도 되는 거야?ㅋㅋㅋㅋㅋ 〈레드, 월 스트리트〉가 굉장히 웃긴 영화인가?ㅋㅋㅋㅋㅋ]

[굉장히 진지한 영화던데?ㅋㅋㅋㅋ 예고 영상 뜨는 거 못 봤어?ㅋㅋㅋ]

[ㅋㅋㅋㅋ내가 예고 영상 봤는데ㅋㅋㅋㅋ 전혀 이런 느낌의 영화 아니었어ㅋㅋㅋ 알렉스 젠킨슨이 만든 영화였다고ㅋㅋㅋㅋㅋㅋ]

[알렉스 젠킨슨이라면 〈블루 라이트〉를 만든?ㅋㅋㅋㅋ 근데 이래도 되는 거야?ㅋㅋㅋㅋ]

[몰라ㅋㅋㅋㅋ 정신이 나갔나봐ㅋㅋㅋㅋㅋ]

[저 옆에 남자는 누구야?ㅋㅋㅋㅋ 강여운도 강여운이지만 저 남자는 더 심각한데?ㅋㅋㅋㅋ]

[강여운의 매니저래ㅋㅋㅋㅋ 두 사람이 종종 저렇게 노래와 춤을 즐긴다네ㅋㅋㅋㅋ]

[그런데 저렇게 무대 위에서 다툰다고?ㅋㅋㅋㅋ 난 유타주(미국에서 가장 보수적인 도시로 손꼽히는 곳)의 오래된 부부가 나누는 대화인 줄만 알았어ㅋㅋㅋㅋㅋ]

[괜히 유타주 끌어들이지 마ㅋㅋㅋㅋㅋ]

[맞아ㅋㅋㅋㅋ 정치 성향 같은 건 신경 쓰지 말고 멋진 노래와 춤을 즐기라고ㅋㅋㅋㅋ]

[그래서ㅋㅋㅋㅋ 이 노래의 제목 아시는 분?ㅋㅋㅋㅋㅋ]

[밀키웨이의 〈엉망진창〉이래ㅋㅋㅋㅋㅋㅋ]

북미뿐만이 아니었다.

이 영상은 '방송 사고를 일으키는 한국인 스타의 흔한 멘탈'이라는 제목으로 국내에 떠돌기 시작했다.

반응은 북미 쪽과 비슷했다.

〈코난 토크쇼〉희대의 명장면으로 꼽으며 청월의 마케팅 전략을 칭찬했다.

특히 무엇보다 문화왕의 미국 데뷔를 축하하는 댓글이 달려서 정호를 곤란하게 했다.

SNS상의 반응을 살피던 정호가 한숨을 내쉬었다.

"휴……."

그러자 옆에 있던 민봉팔이 장난을 걸어왔다.

"스타로 살아가기가 힘들지?"

정호는 그런 민봉팔에게 한마디 하려다가 대답 대신 다시 한 번 한숨만 내쉬었다.

자기 꾀에 자기가 넘어간 것에 대한 회한이 담긴 한숨이었다.

정호가 한숨을 쉬며 속으로 생각했다.

'반응이 너무 좋으니 시간을 되돌릴 수도 없고…….'

모든 마케팅이 〈코난 토크쇼〉한 방으로 일단락됐다고 해도 과언이 아니었다.

그만큼 대단한 관심이 〈레드, 월 스트리트〉를 향해 쏟아졌다.

어느 정도였냐면 토비 워커와 알렉스 젠킨슨, 엠마 해리스

등이 만날 때마다 대단하다는 듯 정호를 우러러보곤 했다.

정작 정호의 속이 썩어가는 기분이라는 걸 알지도 못하고 말이다.

하지만 시간이 약이라고, 정호는 다행히 흑역사의 그림자에서 탈출할 수 있었다.

〈레드, 월 스트리트〉의 개봉 전 예매율이 엄청났기 때문이었다.

'국내 예매율만이 아니다. 북미 시장의 예매율도 엄청나.'

벌써 전문가들 사이에서는 〈로스트 퓨처〉의 해외 최다 수익을 갱신할 거라는 추측이 나돌고 있었다.

단순한 추측이 아니었다.

실제로 그러한 움직임이 포착되고 있었다.

아직 개봉도 하지 않았는데 아시아 및 유럽 시장에서 역대 최고액으로 〈레드, 월 스트리트〉의 상영권을 사갔기 때문이었다.

'반응도 보지 않고 이러는 경우는 흔하지 않지. 마케팅 전략이 확실하게 통한 것이다.'

〈로스트 퓨처〉의 위상을 넘지 못할 거라는 부정적인 시선이 여전히 존재하긴 했지만, 별다른 걱정은 되지 않았다.

며칠 후, 〈레드, 월 스트리트〉가 개봉되면 완전히 사라질 것이다.

'내한을 한 할리우드급 배우들과 여운이가 홍대 예술 마을과 회만 예술 마을에 얼굴을 비추면서 그런 소리가 많이 줄어든 것도 사실이지. 기대감도 더 높아졌고. 개봉이 무척이나 기다려지는군.'

정호가 그렇게 생각을 정리하고 있을 때, 정호와 마찬가지로 한동안 흑역사의 그림자를 벗어나지 못하며 괴로워하던 강여운이 얼굴에 발그레 홍조를 띄운 채 말했다.

"빨리 영화가 개봉됐으면 좋겠다~ 요즘 너무 기대가 돼서 잠도 안 와요~"

그런 강여운을 향해 정호가 입을 열었다.

"잠이 안 오는 건 상관없는데 이렇게 자꾸 남의 방에 불쑥불쑥 찾아오는 건 실례 아닌가?"

정호의 타박에 강여운이 배시시 웃으며 대답했다.

"뭐, 어때요~ 어차피 노래랑 춤도 같이 부른 사이인데~"

"그게 어떤 사이인데?"

"글쎄요~ 그렇고 그런 사이?"

강여운의 너스레에 정호가 항복을 하며 한숨을 휴, 하고 내쉬었다.

그러자 옆에 서 있던 민봉팔이 끼어들었다.

"놔 둬. 여운이도 긴장이 돼서 그런 거잖아. 이럴 때 담당 매니저가 아니면 누가 챙겨주겠어."

강여운이 양팔을 들며 외쳤다.

"옳소!"

하지만 정호를 짜증나게 하는 것은 강여운의 태도나 민봉팔의 얘기 같은 게 아니었다.

강여운, 민봉팔이 각자의 방이 있으면서도 정호의 방에 밤늦게 쳐들어왔다는 사실이었다.

"얘들아, 지금 새벽 3시거든? 이제 자야 하지 않을까? 그래야 기다리던 개봉일도 더 가까워질 거고."

정호가 이렇게 말하자 강여운이 고개를 갸웃거리며 말했다.

"오잉? 로봇도 잠을 자나요?"

강여운의 말을 민봉팔이 받았다.

"충전 시간인가 봐."

정호가 다시 한 번 휴, 하고 한숨을 내쉬었다.

서로가 첫 연예인이자 첫 매니저였던 세 사람이 그렇게 함께 밤을 지새우고 있었다.

마침내 고대하던 〈레드, 월 스트리트〉의 개봉일이 밝아 왔다.

그때까지 각종 스케줄 소화를 위해 미국에 있었던 세 사람은 개봉일을 맞춰 21세기 폭시사를 찾았다.

토비 워커와 함께 흥행 분석 평가를 실시간으로 살펴보기 위함이었다.

21세기 폭시사는 첫날 성적을 실시간으로 분석해 향후 흥행 성적을 파악하는 기술을 보유하고 있었다.

청월에서도 비슷한 분석을 하긴 했지만, 21세기 폭시사에 비할 바는 아니었다.

정호가 강여운, 민봉팔과 함께 사무실에 도착했고 토비 워커가 세 사람을 반겼다.

"잘 오셨습니다. 마침 첫 번째 분석 결과가 나왔거든요."

토비 워커가 자신이 살펴보고 있던 분석 자료를 정호에게 넘겼다.

정호가 차오르는 긴장감을 억누르며 〈레드, 월 스트리트〉의 분석 자료를 살펴봤다.

그리고 그 순간, 숨이 턱 막혔다.

'이건……'

놀란 정호가 속에 있는 말을 꺼내기도 전에 강여운과 민봉팔이 놀라서 먼저 입을 열었다.

한발 빠르게 강여운이 말했다.

"말도 안 돼……. 정말 이 정도의 성적 나올까요……?"

뒤늦게 민봉팔이 말을 받았다.

"그럴 리가……. 분석 자료가 잘못된 것 아닐까……? 그렇죠, 토비……?"

토비 워커가 진한 웃음을 지으며 고개를 저었다.

"아닙니다. 확실한 자료예요. 오히려 기대 수익 부분을 더 낮췄습니다. 원래 사용하던 통계 방식으로는 너무나도 높게 책정된 부분이 있었거든요. 그 자료를 먼저 받아봤는데 그건 도저히 신뢰할 수가 없겠더라고요."

토비 워커의 말을 듣고 정호는 한 번 더 놀랄 수밖에 없었다.

'이게 기대 수익을 낮춘 자료라고……?'

토비 워커가 건넨 분석 자료의 핵심은 단연 기대 수익 부분이었다.

결론적으로 어떤 수익이 기대된다, 하는 것보다도 중요한 것은 없었기 때문이었다.

〈레드, 월 스트리트〉의 기대 수익은 자그마치 '17억 달러'였다.

그건 다시 말해서 한화로 '1조 9천억 원'에 해당하는 수치를 벌어들인다는 뜻이었다.

결국 정호가 참지 못하고 속에 있는 말을 입 밖으로 내뱉었다.

"정말 〈룰루랜드〉 수익의 세 배를 벌어들인다고……?"

이곳에 있는 어느 누구도 감히 상상해 보지 못했던 수치였다.

매니지먼트 제왕

17억 달러는 정말 입이 떡 벌어지는 수치였다.

그럴 수밖에 없는 게 역대 영화 수익 부분에서 현재 1위는 27억 달러의 〈아바타 월드〉, 2위가 21억 달러의 〈전설의 배, 타이타닉〉, 3위가 20억 달러의 〈스타월드 : 깨어난 아우라〉, 4위가 16억 달러의 〈주라기 시대〉, 5위가 15억 달러의 〈어벤져스팀〉이었기 때문이었다.

다시 말해서 〈레드, 월 스트리트〉가 기대한 대로 수익을 벌어들인다면, 역대 영화 수익 4위에 랭크될 수 있다는 뜻이었다.

'더욱 놀라운 점은 역대 영화 수익 순위에 오른 영화들이 모두 배경, 시대 등이 다르긴 하지만 블록버스터급 영화라는 점이다. 이 영화들에 비하면 〈레드, 월 스트리트〉는 거의 저예산 영화 수준이야. 그런데 이런 기대 수익이라니…….'

자세한 건 대봐야 알겠지만 〈레드, 월 스트리트〉가 기대 수익을 충족한다면 그건 역대 가장 많은 순수익으로 기록될 가능성이 높았다.

제작비를 생각해 봤을 때, 〈레드, 월 스트리트〉의 수익률은 그 정도로 엄청났다.

정호가 고개를 절레절레 흔들며 토비 워커를 향해 입을 열었다.

"이게 가능할까요? 생각보다 마케팅이 잘되긴 했지만 이 정도의 파워는 아니라고 보는데……."

토비 워커는 정호가 무슨 생각을 하고 있는지 안다는 듯 고개를 끄덕이며 대답했다.

"저희도 그 정도의 마케팅 효과라고 생각하지 않았습니다. 하지만 오늘 막상 뚜껑을 열어보니 다르더군요. 〈레드, 월 스트리트〉는…… 오늘 개봉한 국가들의 첫날 동원 관객 수 기록을 모두 갱신했습니다."

토비 워커의 말에 정호가 또 한 번 놀랐다.

그리고 어째서 이런 기대 수익이 집계됐는지 이해했다.

'오늘 동시 개봉한 국가들은 전부 영화 쪽에서 핵심 수익을 낼 수 있는 곳이다. 다시 말해서 이 국가들의 수익을 잡을 수 있다면 성공을 확신할 수 있다는 뜻이지. 그런데 이 국가들 모두에서 첫날 동원 관객수 기록을 갱신했다니 이런 기대 수익이 나올 수밖에.'

정호가 생각을 정리하고 있을 때 토비 워커가 현재의 상황을 분석하여 말로 전했다.

분석 자료에는 나타나지 않은, 토비 워커 개인의 소견이었다.

"강여운 양과 오 이사님의 영상이 생각보다 빠르게 퍼지고 있습니다. 인기도 대단하고요. 제 생각으론 〈코난 토크쇼〉의 위상도 위상이지만 밀키웨이의 〈러닝〉에 맞춰 노래를 부르고 춤을 췄다는 점이 결정적이었던 것 같습니다."

정호는 토비 워커가 무슨 말을 하고 싶은지 알 것 같았다.

이어서 토비 워커에게서 나온 말이 정호의 생각에 확신을 줬다.

"아시다시피 전 세계적으로 밀키웨이를 모르는 사람이 없죠. 아시아 국가에 한정한다면 비틀즈보다도 인기가 많으니까요. 그런 점이 영상에 대한 접근성을 높였고, 조회수로 이어졌으며, 그게 자연스럽게 〈레드, 월 스트리트〉의 인기로 옮겨진 것으로 보입니다."

심지어 강여운과 정호의 영상은 밀키웨이의 〈러닝〉을 좋아하지 않는 사람조차도 즐길 수 있었다.

밀키웨이의 〈러닝〉을 모르더라도 강여운과 정호가 얼마나 노래와 춤을 엉망으로 하고 있는지 알 수 있었기 때문이었다.

그런 까닭에 두 사람의 영상은 정호가 알지 못하는 곳까지 깊숙이 퍼져 나갈 수 있었다.

'허…… 의도적으로 영상을 찾아보지 않았는데 나도 모르는 사이에 이런 일이 벌어지고 있었군.'

옆에 있던 민봉팔이 끼어들며 입을 열었다.

"이거, 대단한데? 두 사람 다음 작품 때도 같이 춤을 추는 거 어때? 그러면 청월과 뉴 아트 필름이 거의 데즈닐 수준으로 성장하겠는데?"

정호와 토비 워커의 대화를 들으며 감탄만 하고 있던 강여운의 표정이 굳어졌다.

그러더니 입을 열었다.

"봉팔 오빠…… 조용히 좀 안 할래요?"

강여운의 날카로운 반응에 민봉팔이 재빨리 사과했다.

"미안."

첫날 동원 관객수 기록의 갱신 이후가 걱정되긴 했다.

유지가 되지 않는다면 기대한 수익이 나오지 않을 테니 말이다.

하지만 〈레드, 월 스트리트〉는 이후로도 쭉 첫날 기록을 잘 사수했다.

단순히 잘 사수한 정도가 아니었다.

가히 허리케인급의 열풍이었고, 〈레드, 월 스트리트〉가 진짜 허리케인이라면 북미 전역에서 대피 소동이 일어날 정도의 흥행 성적이 나왔다.

이렇게 되기까지 걸린 시간은 딱 한 달이었다.

그동안 너무 바빠서 딴생각을 할 겨를조차 없었던 정호가 생각했다.

'이런 상황은 또 처음 겪어 보는군. 꿈을 꾸는 지경이야.'

아닌 게 아니라 전 세계가 〈레드, 월 스트리트〉로 들썩이니 정말 꿈을 꾸는 듯한 느낌이었다.

영화 산업의 핵심이라고 할 만한 모든 국가에서 인터뷰, 예능 출연, 화보 촬영, 광고 모델 발탁 등으로 너무 바빠 정신을 차릴 수가 없었다.

그러다 보니 이런 와중에 벌어지는 모든 일들이 가상의 일처럼 느껴졌다.

'비행기를 몇 번이나 탄 건지……'

〈룰루랜드〉 때도 비슷한 스케줄을 소화한 바가 있어서 괜찮을 줄 알았다.

하지만 〈레드, 월 스트리트〉의 열풍은 피부에 와닿는 느낌 자체가 달랐다.

예전에는 화살을 몸으로 받는 기분이었다면 지금은 미사일을 몸으로 받는 기분이었다.

그나마 스케줄을 관리하는 입장에 있는 정호는 사정이 나은 편이었다.

스케줄을 직접 소화하는 강여운의 입장에서는 매일 밤 파김치 상태가 될 수밖에 없었다.

스케줄을 소화하는 데 있어 철저한 면이 있는 강여운이 이렇게 말할 정도였다.

"오빠…… 이러다가 죽겠어요……."

물론 정호가 "정말? 진짜 못 하겠어?"라고 말하면 벌떡 일어나 "물 들어올 때 노 저어라!"라고 소리를 치는 강여운이었지만 힘든 것이 티 나는 건 어쩔 수 없었다.

'그나마 이번 일 내내 봉팔이가 함께해 줘서 다행이다. 봉팔이가 없었다면 정말 나나 여운이는 못 견뎠을 거야.'

원래는 민봉팔 대신 김만철이 〈레드, 월 스트리트〉 팀에 합류하려고 했다.

한 팀의 팀장을 데려온다는 것이 모양상 썩 좋지 않기 때문이었다.

하지만 어떤 안 좋은 느낌을 받은 정호가 민봉팔을 원했고 그게 신의 한 수로 작용했다.

'어차피 총괄매니지먼트부 3팀은 만철이만으로도 충분해. 차기 총괄매니지먼트부 3팀의 팀장이 될 사람이기도 하고.'

이번 〈레드, 월 스트리트〉의 일을 진행하면서 정호가 전반적으로 느낀 것이 하나 있었다.

그것은 바로 청월이 세계적으로도 통할 거라는 믿음이었다.

정호가 이전 시간에서 거머쥔 성공은 국내에 한정된 것이었다.

심지어 온갖 더러운 수를 써서 억지로 만들어 낸 성공이었다.

그래서 정호는 온전한 방식, 그러니깐 사람만을 위한 방식으로 국내의 정점에만 올라도 충분할 거라고 생각했다.

하지만 막상 세계로 도전장을 내밀어 보니 더 높은 곳을 바라볼 수 있을 것 같았다.

실제로 밀키웨이가 그래미 어워드에서 상을 받았고 유미지가 아카데미에서 상을 받았다.

그리고 〈레드, 월 스트리트〉가 대성공을 거뒀다.

충분히 세계를 향한 도전장을 내밀 수 있을 만한 상황이라는 뜻이었다.

'〈레드, 월 스트리트〉의 일이 마무리되는 대로 제대로 세계를 향해 도전장을 내밀어 볼 만하다는 생각이 들어. 준비해야 할 것이 많겠지만, 언젠가 청월은 매해 그래미 어워드와 아카데미를 두고 각축전을 벌이는 소속사가 될 거다.'

그러기 위해서 믿을 만한 많은 사람들이 필요했다.

이런 점에서 김만철 같은 인물의 성장은 필수적이었다.

'들은 바에 따르면 만철이가 총괄매니지먼트부 3팀을 잘 이끌고 있다지? 귀국하면 봉팔이를 이사로 승진시키고 만철이를 팀장으로 만들어줘야겠군. 큰 그림으로 볼 때, 이런 인사 조치가 청월의 몸집을 불리는 데 도움을 줄 거다.'

꿈을 꾸는 것같이 바쁜 와중에도 현실로 돌아와 미래의 계획을 척척 준비하는 정호였다.

꿈속에서 꿈을 꾸는 것처럼.

그리고 정호가 정말 현실로 돌아왔다.

개봉 후 계속됐던 바쁜 스케줄을 모두 처리하고 드디어 귀국한 것이었다.

가장 빠르게 〈레드, 월 스트리트〉를 개봉한 국내와 북미 시장 등 영화 산업의 핵심이라고 할 만한 곳은 이미 〈레드, 월 스트리트〉의 상영이 끝났다.

2주 정도 뒤면 뒤늦게 개봉한 전 세계의 많은 국가들도 〈레드, 월 스트리트〉를 영화관에서 내리기로 되어 있었다.

한마디로 최종 성적표의 윤곽이 거의 나왔다는 뜻이나 다름없었다.

그리고 현재 달성한 수익은 17억 5천 달러였다.

기대 수익을 5천 달러 초과한 수치였다.

하지만 정호는 기대 수익을 뛰어넘은 성과에 놀라기보다는 꽤나 담담하게 이 성적표를 받아들일 수 있었다.

사람들이 〈레드, 월 스트리트〉에 어떤 반응을 보였는지 강여운을 데리고 전 세계를 다니면서 몸으로 직접 실감했기 때문에 보일 수 있는 태도였다.

'가공할 만한 반응이었지. 체감으로 느껴진 반응이 너무 대단해서 그런지 수익이 오히려 적어 보이는군. 전혀 그렇지 않지만……'

몇 번 같은 경험을 해본다면 얘기가 달라지겠지만 현재로서는 이런 생각이 드는 게 사실이었다.

민봉팔조차도 비슷한 말을 했다.

"개고생을 했는데 손에 쥐는 게 적은 느낌이랄까? 투자처인 21세기 폭시사가 너무 많이 가져가서 그런가?"

물론 청월과 뉴 아트 필름에서 투자한 돈이 많은 만큼 가져가는 돈도 훨씬 많았지만 괜히 그런 생각이 드는 것은 어쩔 수 없었다.

벌어들인 게 많아서 그런지 떼어가는 것도 많은 기분인 것이었다.

실제 액수로 따지자면 단위부터가 다른 게 사실이었다.

하지만 앞서 말했듯 청월과 뉴 아트 필름이 가져가는 돈이 더 많았고 얻은 것도 더 많았다.

'확실히 〈레드, 월 스트리트〉로 청월과 뉴 아트 필름이 얻은 것을 생각한다면 이런 말을 해서는 안 되긴 하지.'

일단 수익은 앞서 밝힌 바와 같이 역대 영화 수익 4위에 랭크됐다.

천문학적인 숫자의 수익이었고 나눠지는 돈을 전부 빼더라도 청월과 뉴 아트 필름은 지금껏 단번에 벌어들인 적 없는 돈을 손에 쥘 예정이었다.

최전선에서 고생한 정호, 민봉팔, 강여운에게는 상대적으로 적게 느껴지는 수익이었지만 일반인은 평생에 걸쳐도 만져 볼까 말까 한, 충분하다 못해 넘치는 돈이었다.

하지만 수익만큼이나 정호를 기쁘게 하는 것은 〈레드, 월 스트리트〉로 얻은 위상이었다.

먼저 작품성보다는 상업에 초점이 맞춰진 영화들을 꺾은 〈레드, 월 스트리트〉는 가난한 사람들을 위한 영화라는 평가를 얻어냈다.

〈레드, 월 스트리트〉는 시종일관 차별적 시선에 관해 끊임없는 질문을 던졌고, 그런 와중에도 가장 중요한 요소라 할 수 있는 재미를 놓치지 않았다.

어느 한구석으로도 치우치지 않은, 밸런스가 기가 막히게 잡힌 영화였다.

그런 까닭에 다소 상업적인 영화들 사이에서도 빛나는 영화가 될 수 있었다.

뉴욕타임즈는 〈레드, 월 스트리트〉를 두고 이렇게 정의를 내렸다.

—대중성과 작품성이라는 두 마리 토끼를 잡은 최고의 영화.

국내에서의 역대 최다 누적 관객수를 살펴보면 뉴욕타임즈의 정의가 단순히 듣기 좋으라고 한 말이 아님을 알 수 있었다.

〈레드, 월 스트리트〉의 역대 최다 누적 관객수는 1,850만이었다.

역대 1위 기록인 〈룰루랜드〉의 1,800만을 단 1년 만에 50만이라는 근소한 수치로 제친 것이었고, 이 수치는 〈레드, 월 스트리트〉가 대중성과 작품성을 어떻게 잡았는지를 보여주는 단적인 예이기도 했다.

그다음으로 강여운에 대한 재평가가 이루어졌다.

지금껏 매번 할리우드에 도전장을 내밀지만 대단한 성과를 낸 적이 없는 배우라는 것이 국내에서 바라보는 강여운의 이미지였다.

물론 그런 이미지를 만든 것은 큐 엔터테인먼트였지만, 그런 이미지가 있는 것은 사실이었다.

그게 최근 들어 강여운의 발목을 붙잡았고 있었고 말이다.

하지만 〈레드, 월 스트리트〉를 통해 이런 이미지에서

완벽하게 탈피한 강여운은 대한민국 최고의 배우라는 타이틀을 다시금 거머쥐었다.

또한 여기서 그치지 않고, 〈라스트 위크〉를 통해 해외에서 할리우드의 조연급 배우로 이름을 알렸던 강여운은 완벽한 할리우드의 주연급 배우가 거듭났다.

단순히 할리우드의 주연급 배우가 아닌 유미지와 함께 세계 영화 시장을 양분하는 최고의 여배우 자리에 올랐다고 할 수 있었다.

'쏟아지는 러브콜을 보기만 해도 알 수 있는 대목이지.'

하지만 이게 끝이 아니었다.

한 가지 절대로 빼놓아서는 안 되는 성과의 핵심이 하나 남아 있었다.

빼놓지 말아야 할 마지막 한 가지 성과.

그건 바로 〈레드, 월 스트리트〉의 강여운이 청월 소속이라는 사실과 〈레드, 월 스트리트〉의 제작사가 뉴 아트 필름이라는 사실이었다.

다시 말해서 앞서 설명한 모든 업적과 위상은 청월과 뉴 아트 필름이 가져갈 수밖에 없다는 뜻이었다.

3대 소속사는 이제 더 이상 청월의 상대가 되지 못했다.

견제를 하기는커녕 이제 청월의 눈치를 봐야 할 상황이었다.

청월은 이번 일을 계기로 3대 소속사보다 더 높은 위상을 갖게 되었기 때문이었다.

SNS상에서도 청월과 3대 소속사를 같은 선상에 놓지 않았다.

[인정합시다ㅋㅋㅋ 3대 소속사는 청월의 아래입니다ㅋㅋㅋㅋㅋㅋ]

[청월 : 누가 4대 소속사라고 했어! 다 내 밑인데!]

[진짜 행보가 미쳤음ㅋㅋㅋ 3대 소속사 다 씹어먹고 세계로 진출ㅋㅋㅋㅋ]

[〈로스트 퓨처〉가 대한민국 제작사가 만든 유일한 대박 영화라고 드립 치던 사람들 다 어디 갔지?ㅋㅋㅋㅋㅋㅋ]

[솔직히 〈룰루랜드〉가 등장하면서 큐 엔터테인먼트 따위가 비빌 곳은 이미 사라진 거지ㅋㅋㅋ 괜히 까불다가 〈레드, 월 스트리트〉한테 한 대 더 맞았네ㅋㅋㅋ]

[한 대 맞은 정도가 아니지ㅋㅋㅋ 아라 엔터테인먼트 따라서 큐 엔터테인먼트도 영화 시장에서 철수해야 하는 거 아니냐?ㅋㅋㅋㅋㅋ]

[국내에서 꾸준히 반응이 좋고 해외에서 위상을 얻었으니 큐 엔터테인먼트가 영화 시장에서 철수할 필요는 없지ㅋㅋㅋ 다만 쪽팔리기는 할 거다ㅋㅋㅋㅋㅋㅋ]

[큐 엔터테인먼트 대표의 이름이 뭐였지?ㅋㅋㅋ 곽 뭐시기였는데ㅋㅋㅋ]

[곽정준?ㅋㅋㅋㅋ]

[이름 말하지 마라ㅋㅋㅋ 같은 이름 가진 사람들 간신히 얼굴 들고 사는데ㅋㅋㅋㅋ]

[아직 힛 엔터테인먼트가 정면으로 청월에게 덤벼서 깨진 건 아니지만 청월이 유일무이 대한민국 최고 소속사라는 건 무조건 인정ㅋㅋㅋㅋㅋ]

[인정하지 않을 수가 없지ㅋㅋ 〈레드, 월 스트리트〉로 올해 아카데미까지 휩쓸겠던데ㅋㅋㅋㅋ]

[이미 기정사실화됐는데ㅋㅋㅋ 이번 아카데미 심사위원들은 참 편하게 돈 벌겠구나ㅋㅋㅋㅋ]

[그나저나 청월이랑 뉴 아트 필름은 어떤 관계에 놓인 거임?ㅋㅋㅋ 뉴 아트 필름 영화는 거의 주연이 청월 출신이던데ㅋㅋㅋㅋ]

[ㄴ뉴 아트 필름 대표가 청월의 전 대표 아들인가 그렇다고 하더라ㅋㅋㅋ]

[아들인 건 모르겠고ㅋㅋㅋ 긴밀한 건 확실함ㅋㅋㅋㅋ 〈레드, 월 스트리트〉의 투자처에 청월의 이름이 가장 먼저 들어가 있는 걸 보면 거의 공동 제작 수준인 듯ㅋㅋㅋㅋㅋㅋ]

[슬슬 청월의 오정호가 등판할 때냐?ㅋㅋㅋㅋ]

[아…… 이것도 문화왕 작품이야?ㅋㅋㅋㅋ]

[강여운 매니저가 문화왕인 건 모르는 사람이 없지ㅋㅋㅋㅋㅋ]

[이사인데 아직도 담당 매니저?ㅋㅋ]

[매니저로 업계에 발을 들이면 이사가 되든 대표가 되든 계속 담당 연예인이랑 같이 성장한다고 보면 됨ㅋㅋㅋ 오정호, 강여운이 대표적인 예라고 할 수 있음ㅋㅋㅋㅋ]

[그래도 보통 대표가 되면 담당은 내려놓지ㅋㅋㅋㅋ]

[ㅇㅇ대표는 내려놓음ㅋㅋㅋㅋㅋ 이사가 끝물ㅋㅋㅋ]

[그럼 문화왕도 대표되면 강여운이랑 밀키웨이 담당 아닌 건가?ㅠㅠ 헐…… 우리 애들 버리지 마요ㅠㅠ]

[대표로서 케어하겠지 무슨 소리야ㅋㅋㅋㅋㅋㅋ]

[왕이 대표보다 낮음? 왜 오정호는 문화왕인데 담당을 못 내려놓유?]

[ㄴ노잼은 꺼져라!]

여론만이 아니었다.

각종 언론사들과 미디어들도 청월을 3대 소속사보다 한 수 위라고 생각했다.

그런 기사와 분석들이 쏟아졌고 사람들은 그걸 당연하게 받아들였다.

심지어 한 해 수익만 따져도 청월이 3대 소속사를 압도한 지는 오래였다.

약점을 보완한 측면도 있지만 약점을 완전한 강점으로 바꾼 것이 무엇보다 강력하게 작용했다.

'여전히 보이 그룹 쪽이 약하지만 이제 이런 건 의미가 없다. 청월을 견제할 소속사는 이제 국내에 없으니까.'

걸 그룹, 드라마, 영화라는 핵심 세 분야에서 국내 최고가 되었음은 물론 세계를 넘보는 수준이 된 청월이었으니 당연했다.

현재 국내에서 청월의 앞길을 막을 소속사는 전무하다고 할 수 있었다.

그렇게 정호가 생각을 정리하고 있을 때였다.

함께 귀국하여 밴을 타고 공항을 빠져나오던 강여운이 정호에게 말을 걸어왔다.

"오빠는 이제 뭐 할 거예요? 또 안 쉬고 바로 일할 거예요?"

정호가 강여운에게 대답을 하기도 전에 운전을 하던 민봉팔이 두 사람 사이로 끼어들었다.

"또 일을 한다고? 정호야, 너 그러다가 쓰려져. 그러지 말고 이번에 한두 달 좀 푹 쉬도록 해. 네가 무슨 진짜 로봇인 줄 아는 건 아니지?"

"맞아요, 오빠. 오빠는 로봇 아니에요."

농담이긴 했지만 지금까지 그 누구보다 꾸준히 정호를 로봇 취급해 온 두 사람이었다.

그런 두 사람이 이런 말을 하니 정호는 피식 웃음이 나왔다.

하지만 두 사람의 걱정이 싫지만은 않은 정호였다.

두 사람을 안심시키기 위해 정호가 입을 열었다.

"걱정 마. 이번에는 나도 한 달 정도 쉴 거니깐."

하지만 감동은 여기까지.

정호의 대답에 강여운이 장난기 어린 목소리로 환호했다.

"와우! 봉팔 오빠! 로봇이 드디어 쉰대요!"

강여운의 말을 역시나 장난기 가득한 목소리로 민봉팔이 받았다.

"나도 들었어! 잘됐다! 로봇이 충전을 어떻게 하는지 이 기회에 직접 볼 수 있는 건가?"

잠시나마 감동의 물결에 흔들렸던 정호가 이마를 부여잡으며 생각했다.

'후…… 이것들에게 어떻게 복수하지?'

결국 복수 때문에 마음 놓고 쉬지 못하게 된 정호였다.

복수의 의미로 강여운에게 광고 촬영 폭탄과 민봉팔에게 성과 보고서 작성 폭탄을 안겨준 정호는 마음 놓고 휴식을 취했다.

이번 기회에 새집으로 이사를 했기 때문에 제대로 휴식을 취한 건 며칠이 되질 않았다.

하지만 68평짜리 거대한 집에서 대형 TV를 틀어 놓고 침대 겸용 소파에 누워 맥주를 마시는 일은 정호에게 충분한 기쁨을 맛보게 했다.

'역시 맥주를 마시면서 모니터링을 하는 것만큼 즐거운 일도 없지.'

쉬는 방식조차 일을 하는 것 같긴 했지만 어쨌든 정호는 현재의 휴식에 굉장히 만족하고 있었다.

정호의 전화가 지이잉, 하고 울린 것은 그때였다.

정호가 전화를 들어 수신자를 확인했다.

정호에게 전화를 걸어온 사람은 다름 아닌 윤 대표였다.

'어? 뭐지?'

웬만큼 급한 일이 아니면 휴식을 취하는 정호에게 이렇게 전화를 걸어올 윤 대표가 아니었다.

그래서 정호는 무슨 일인가 싶어 재빨리 전화를 받았다.

"네, 대표님."

"쉬는 중에 미안하네. 상의가 필요한 급한 일이 생겨서 전화했어."

역시나라고 생각하며 정호가 물었다.

"무슨 일입니까?"

망설이는 기색으로 한 박자 늦게 윤 대표가 입을 열었다.

"힛 엔터테인먼트 쪽에서 접촉을 해왔네. 청월과 협상을 하고 싶다더군."

윤 대표와의 전화를 마친 정호는 서둘러 회사로 출근했다.

힛 엔터테인먼트가 정신이 나간 게 아니라면 무슨 수작을 벌일 가능성은 낮았다.

하지만 국내에서 보이 그룹 쪽으로 가장 강세인 소속사가 힛 엔터테인먼트였다.

혹시라도 무슨 일을 벌인다면 약간 골치가 아플 수도 있다는 뜻이었다.

정호가 청월의 대표실에 도착했다.

윤 대표가 정호를 반겼다.

"오 이사, 왔는가? 쉬는데 미안하네."

정호가 꾸벅, 고개를 숙인 뒤 말했다.

"아닙니다. 일이 있다면 당연히 바로 복귀해야지요. 다 제가 좋아서 하는 일인데요, 뭘. 게다가 연차는 꼬박꼬박 다 쓰고 있고요."

이전에 설명한 바가 있듯이 청월은 완벽한 복지 제도가 구비된 회사였다.

회사 건립 초기부터 연차를 모두 쓸 수 있도록 권유해 왔고, 그러다 보니 누구랄 것 없이 자신들의 권리를 누리는 분위기가 조성됐다.

그 덕분에 야근을 밥 먹듯이 하기로 유명한 연예계에서, 청월은 올바른 연차 제도 시행하고 탄력 근무제를 도입한 모범사례로 꼽혔다.

정호가 이번에 휴식을 취한 것도 긴 미국 출장에 대한 보상이었다.

중간에 불려서 오긴 했지만 이 보상은 잘 유지돼 정호 스스로가 필요하다 여길 때 달콤한 휴식을 제공할 예정이었다.

물론 쉬는 것보다 일하는 걸 더 좋아하는 정호였지만 말이다.

윤 대표가 고개를 끄덕이며 말했다.

"그래, 이번 것도 까먹지 말고 꼭 쓰게. 다들 자네를 너무 못살게 구는 게 아니냐고 날 구박하고 있어. 못된 상사가 되는 게 얼마나 좋지 않은지 자네도 알지 않나."

윤 대표의 말에 정호가 미소를 지었다.

정호를 걱정하는 윤 대표의 마음이 고스란히 전해졌기 때문이었다.

정호가 대답했다.

"꼭 쉬도록 하겠습니다. 먼저 오늘 일을 처리하고요."

그제야 오늘 정호를 불러낸 이유가 다시 생각난 윤 대표였다.

"내 정신 좀 보게. 내가 요즘 이렇다네. 자네를 불러낸 건 다름이 아니라 힛 엔터테인먼트의 제안 때문이네. 이것을 좀 봐 보게. 힛 엔터테인먼트에서 수상한 제안을 해왔어."

정호는 윤 대표가 건네는 자료를 받아들었다.

'이건······.'

◇ ◆ ◇

힛 엔터테인먼트의 제안은 다름 아닌 협약이었다.

정호가 윤 대표에게 받아든 자료는 일종의 제안서였다.

자신들이 취약한 영화, 드라마, 걸 그룹 분야에서 청월이 지원해 주면, 상대적으로 청월이 부족한 보이 그룹 쪽에 지원해 주겠다는 내용이 정중하게 담겨 있었다.

윤 대표가 약간 근심이 어린 목소리로 정호에게 물었다.

"어떤가? 3대 소속사의 또 다른 견제 전략인 것 같은가?"

면밀히 힛 엔터테인먼트의 제안서를 읽던 정호가 큰 소리로 하하하, 하고 웃었다.

그러자 윤 대표는 뭐가 그렇게 웃긴지 궁금하다는 표정을 지었다.

정호는 윤 대표의 궁금증을 풀어주기 위해 입을 열었다.

"이 제안서에는 어떠한 견제 의도도 없습니다. 힛 엔터테인먼트는 진심으로 청월과 협약을 맺고 싶어 하고 있습니다."

정호의 말에 듣고 윤 대표가 물었다.

"그럴까? 어떻게 그리 확신할 수 있는가?"

정호가 확고한 어조로 대답했다.

"힛 엔터테인먼트의 대표인 조대식의 성격 때문입니다."

힛 엔터테인먼트의 조 대표는 계산이 빠르고 기회주의자적인 면모가 있는 인물이었다.

똑똑하지만 엘리트주의에 빠져 있는 최 대표나 지혜롭지만 보수적인 면이 있는 곽 대표와는 전혀 다른 인물이라는 뜻이었다.

조 대표는 두 사람보다도 영리하고 유연한 인물이라고 볼 수 있었다.

정호는 조 대표의 이러한 성격을 꼬집어 이 제안서에 문제가 없음을 말하고 있는 것이었다.

하지만 윤 대표가 여전히 의아함이 풀리지 않는 듯 말했다.

"나도 조 대표가 어떤 인물인지 알고 있네. 굉장히 이해타산적인 인물이지. 그래서 조 대표의 의도가 더 수상하네. 과연 이번 일로 무엇을 얻으려는 걸까?"

정호가 고개를 저으며 말했다.

"아마 나쁜 의도는 아닐 겁니다."

"정말인가?"

"물론이죠. 이렇게 생각해 보시면 간단합니다. 지금 대한민국 최고의 소속사가 어디입니까?"

정호의 질문에 윤 대표가 자부심을 담긴 목소리로 답했다.

"그거야 당연히 우리 청월…… 아!"

윤 대표가 뭔가를 깨달은 듯했다.

그러자 정호가 바로 그것이라는 듯 고개를 끄덕여 긍정하며 말했다.

"네, 조 대표는 지금 청월 쪽에 붙기로 마음을 먹은 겁니다. 난파 중인 3대 소속사라는 배에서 청월이라는 튼튼한 배로 옮겨 타려는 거지요."

4장. 내 동료가 돼라

얼마 후, 정호는 윤 대표와 함께 힛 엔터테인먼트의 조 대표를 만났다.

조 대표 측에서 주요 인사 몇몇을 대동한 채 청월을 찾아온 것이었다.

날짜와 시간을 정하여 미팅을 잡은 것이기 때문에 청월 쪽에서는 인력을 대거 동원할 수 있었다.

하지만 괜히 그러지 않았다.

청월은 그런 유치한 기선 제압을 하지 않아도 될 만큼의 규모를 갖춘 상태였다.

게다가 아직 아무것도 논의되지 않은 협상 단계이니,

사무실에 모여 간단히 다과를 즐기는 것이 여러모로 낫다고 판단되기도 했고 말이다.

사무실로 들어오는 조 대표를 향해 사람 좋은 미소를 지으며 윤 대표가 먼저 인사를 했다.

"잘 오셨습니다, 조 대표님."

윤 대표가 내민 손을 마주 잡으며 조 대표가 넉살 좋게 말했다.

"반갑습니다, 윤 대표님. 예전에 뵙고 참 오랜만이군요. 그때 기억나시나요?"

조 대표의 말에 윤 대표가 웃으며 대꾸했다.

"하하하. 물론 기억합니다. 조 대표님이 기획이사이시던 시절에 술자리에서 뵙지 않았습니까?"

"역시나 기억하시는군요. 그때 일을 기억해 주시다니 무척이나 영광입니다."

"영광은 무슨. 조 대표님처럼 큰사람이 될 분을 알아보지 못해서야 되겠습니까?"

윤 대표가 너스레를 떨며 말하자 조 대표가 흡족해하며 대답했다.

"그렇게 말씀해 주시니 감사합니다. 그나저나 이쪽은?"

조 대표가 정호 쪽을 바라보며 말했다.

연예계에서 유명 인사로 통하는 정호를 모를 리가 없겠지만 정식으로 소개받고 싶은 것 같았다.

그런 낌새를 눈치 챈 윤 대표가 정호를 조 대표에게 인사시켰다.

"이쪽은 청월의 기획이사를 맡고 있는 오정호라는 친구입니다."

윤 대표의 소개를 받은 조 대표가 그제야 아는 척하며 정호를 반겼다.

"아하! 이분이 그 유명한 오 이사님이군요. 소문은 무척이나 많이 들었습니다."

조 대표는 손을 내밀어 정호에게 악수를 청했다.

정호가 그 손을 맞잡으며 정식으로 조 대표에게 자신을 소개했다.

"반갑습니다, 조 대표님. 청월 엔터테인먼트의 오정호 이사라고 합니다.

정호와 악수를 나누며 조 대표가 대꾸했다.

"저도 반가워요. 저는 힛 엔터테인먼트의 조대식 대표입니다."

두 사람이 인사하는 모습을 옆에서 지켜보던 윤 대표가 덧붙여 말했다.

"조 대표님의 젊었을 때만큼이나 능력이 뛰어나서 제가 굉장히 신임하는 친구지요. 일을 썩 잘합니다."

윤 대표의 말에 조 대표가 손사래를 치며 말했다.

"하하하. 그런 말 마십시오. 저도 오 이사님이 어떤 일을

했는지 소문으로 들어서 잘 알고 있습니다. 저와는 비교도
안 될 정도로 대단하던걸요. 오 이사님이 해낸 일에 대해서
전해 들을 때마다 깜짝깜짝 놀랍니다. 아직도 그런 일을 해
냈다는 게 믿기지 않는 것들도 있고요."

조 대표는 정말 놀랍다는 듯 말했다.

그럴 수밖에 없는 게 정호가 지금껏 청월에서 보여준 행
보는 진심으로 놀랄 만한 것이었기 때문이었다.

윤 대표는 조 대표의 말이 진심이라는 걸 깨닫고 흐뭇해
했다.

정호를 누구보다 아끼는 윤 대표다운 반응이었다.

이어서 조 대표와 함께 온 사람들과 인사를 나눴다.

조 대표와 온 사람은 총 세 사람이었는데 전부 정호가 기
억하는 인물들이었다.

'강철두, 최승원, 정민태. 일 잘하기로 정말 유명했지.
힛 엔터테인먼트의 3인방으로 불릴 정도로. 조 대표가 힘
을 좀 줬군.'

그렇게 인사가 끝났고 본격적으로 대화의 물꼬가 트이기
시작했다.

그리고 대화는 금세 핵심으로 들어갔다.

괜히 말을 돌리며 간을 보는 것이 상황상 좋지 않을 거라고 판단한 조 대표 덕분이었다.

조 대표는 힛 엔터테인먼트를 적극적으로 어필했다.

"청월이 부족한 게 없다는 걸 알고 있습니다. 보이 그룹 쪽으론 아직 사업이 잘 확장되지 않고 있지만, 그 외의 모든 부분은 청월이 독식을 하고 있다고 해도 과언이 아니죠. 딱히 보이 그룹 시장을 신경 쓸 필요가 없을 정도로 말이죠."

윤 대표는 말없이 조 대표의 의견에 동의했다.

그런 윤 대표를 힐끔 쳐다본 조 대표가 계속 말을 이었다.

"하지만 청월이 언제까지 보이 그룹 시장을 가만히 놔둘 거라고 생각하진 않습니다. 분명 조만간 청월의 인재인 오 이사님을 앞세워 기가 막힌 전략을 들고 나오겠지요. 안 그렇습니까?"

생각보다 솔직한 조 대표의 태도에 윤 대표가 가만히 미소 지으며 대꾸했다.

"글쎄요."

윤 대표가 두루뭉술하게 대답했지만 조 대표는 여전히 열성적으로 말을 이었다.

"그때, 저희는 청월의 파트너가 되고 싶습니다. 아시다시피 보이 그룹 시장에서 늘 강세를 보여 왔던 힛 엔터테인먼트이기 때문에 분명 청월에도 도움이 될 거라고 생각하고요. 어떻게 생각하십니까?"

조 대표가 질문했지만 윤 대표는 바로 대답하지 않았다.

여전히 신중한 태도를 고수했다.

그러더니 잠시 후, 천천히 입을 열었다.

"힛 엔터테인먼트가 원하는 게 무엇입니까?"

윤 대표의 물음을 듣고 조 대표가 희미하게 미소를 지었다.

윤 대표의 물음에 허락의 의미가 담겼다고 생각했기 때문이었다.

조 대표가 답했다.

"염치도 없이 무턱대고 무리한 요구를 하고 싶지는 않습니다. 저희가 바라는 건 딱 두 가지입니다. 보이 그룹 시장에서 청월과 함께 성장하는 것. 그리고 걸 그룹, 드라마, 영화 시장에서 청월의 선택 범주를 벗어나지 않는 것."

조 대표는 청월이 자신의 제안을 거절하지 않을 것이라고 생각했다.

제아무리 현재 대한민국 최고의 소속사라고는 하지만, 청월이 보이 그룹 시장에서 가장 강력한 힘을 발휘하고 있는 자신들의 제안을 뿌리칠 이유가 없었기 때문이다.

자신들의 제안을 거절했을 때의 위험성 때문이 아니었다.

'우리의 제안을 받아들였을 때 창출될 이익이 엄청나니깐……'

게다가 결정적으로 조 대표는 자신들의 요구가 무리라고 생각하지도 않았다.

오히려 굉장히 합리적이라고 생각했다.

실제로 힛 엔터테인먼트의 요구는 합리적이었다.

간단하게 정리하자면 힛 엔터테인먼트는 지금 '내가 너희 도와줄게. 그러니깐 네가 뭘 할 때 나를 따돌리지 말아줘.' 라고 말하고 있는 것이었기 때문이었다.

조 대표가 속으로 생각했다.

'이런 식으로라도 끈을 만드는 것이 중요해. 청월은 분명 자신들을 견제했던 3대 소속사에 대해서 큰 경계심을 품고 있을 테니 말이다. 그리고 이런 식으로 끈을 만들어 청월이 걸 그룹, 영화, 드라마 등을 제작할 때의 선택에서 배제만 되지 않아도 우리로서는 큰 이익을 얻을 수 있어.'

최근 3대 소속사는 수익 면에서 급격한 추락을 하고 있었다.

다양한 이유가 있었지만 그중 핵심은 간단했다.

그것은 바로 청월의 사업에서 '배제' 되고 있기 때문이었다.

조금 과장해서 표현하자면, 최근 걸 그룹, 드라마, 영화 시장에서 성공을 거두고 있는 소속사는 국내에서 청월이 유일했다.

그런 청월의 연예인들과 같은 예능이나 드라마, 영화에 출연하지 못하니 벌어들이는 수익이 급격하게 감소할 수밖에 없었다.

'〈룰루랜드〉나 〈레드, 월 스트리트〉 같은 세계적으로 엄청난 작품에 우리 애들을 넣는 것은 바라지도 않았다. 하다못해 〈비밀의 화원〉이나 〈태양의 후계자〉에 우리 신인 애들을 조금이라도 넣었다면…… 넣지는 못해도 선택에서 아예 배제되지만 않았다면…… 지금보다 분명 사정이 나아졌을 텐데…….'

하지만 3대 소속사는 청월을 견제하면서 이런 선택들에서 완전하게 배제됐고, 그 결과 해당 사업들에서 작은 희망조차도 발견하지 못하는 상황에 놓이게 됐다.

정호의 엄청난 활약으로 어느 순간 길이 턱, 하고 막혀 버린 것이다.

조 대표로서는 이런 상황을 타개할 방법이 필요했다.

그래서 생각한 것이 3대 소속사라는 배를 버리고 청월의 손을 잡는 것이었다.

'이 정도 조건이라면 분명 청월은 우리의 손을 잡을 것이다. 만약 원한다면 더 좋은 조건을 제시할 의향도 있어.'

하지만 상황은 조 대표의 생각처럼 흘러가지 않았다.

윤 대표가 그런 조 대표를 물끄러미 바라보더니 더 이상 말을 섞기 싫다는 듯 벌떡 자리에서 일어나 회의실을 벗어났기 때문이었다.

윤 대표의 갑작스런 행동에 조 대표는 당황할 수밖에 없었다.

그리고 동시에 절망했다.

'뭐지……? 대체 뭐가 문제인 거지……?'

조 대표가 이런 생각을 하고 있을 때 윤 대표는 회의실을 벗어나기 전 한마디 말을 남겼다.

"오 이사, 자네가 설명하게. 현재 우리가 원하는 게 무엇인지."

◇ ◆ ◇

그렇게 윤 대표가 회의실을 벗어나자 모든 공이 정호에게로 넘어왔다.

조 대표는 애가 타는 기색을 감추지 못하고 정호를 바라봤다.

정호가 그런 조 대표에게 물었다.

"상황을 이해하기 힘드시죠? 어째서 이런 상황이 펼쳐졌는지."

조 대표는 대답 없이 눈을 데구루루 굴렸다.

어떻게든 자신의 능력으로 현 상황을 이해하기 위해 노력하는 모습이었다.

그건 조 대표와 동행한 힛 엔터테인먼의 세 사람도 마찬가지였다.

하지만 정호를 제외한 회의실의 모든 이들은 현재의 상황을 이해하지 못했다.

결국 조 대표가 항복을 하듯이 한숨을 내쉬며 물었다.

"왜 이런 상황이 된 겁니까? 조건이 마음에 들지 않는 겁니까?"

솔직히 힛 엔터테인먼트의 입장에서는 청월과 협약을 맺지 않아도 상관없는 상황이긴 했다.

걸 그룹, 드라마, 영화 쪽으로 두각을 나타내지 못하고 있어 관련된 수익이 막히긴 했지만, 힛 엔터테인먼트는 보이 그룹 시장에서 강세를 보이고 있었다.

다시 말해서 이 부분으로 어떻게든 회사를 운영하는 것이 가능하다는 뜻이었다.

하지만 조 대표는 미래에 대한 큰 그림을 그리고 있었다.

그런 까닭에 반드시 청월과 함께하고 싶었다.

청월과 함께하지 않고는 걸 그룹, 드라마, 영화 시장에서 수익을 내기가 힘든 상황이었다.

게다가 보이 그룹 시장도 언젠가 청월에게 잠식당할

가능성이 높았다.

'그래서 그런 조건을 들고 여기까지 찾아온 것이었는데……'

도무지 이해할 수 없었고 약간 화가 나기도 했다.

거절을 당하더라도 이런 대접을 받을 거라고는 전혀 생각하지 못했다.

그런 상황에서 정호가 입을 열었다.

"대표님이 자리를 떠난 것은 조건 때문이 아닙니다."

정호의 말에 조 대표가 약간 흥분하며 반문했다.

"그럼 뭐 때문에 그런 겁니까?"

조 대표만이 아닌 힛 엔터테인먼트에서 함께 온 세 사람도 약간 화난 기색을 한 채 정호를 쳐다봤다.

정호가 그런 시선을 의식하며 천천히 입을 열었다.

"이유를 말씀드리죠. 대표님이 원하시는 건 힛 엔터테인먼트와의 단순한 비즈니스 관계가 아닙니다. 대표님은 힛 엔터테인먼트가 청월의 진정한 동료가 되길 원하십니다."

조 대표가 놀란 눈으로 정호를 바라봤다.

그만큼 정호의 입에서 나온 말은 조 대표의 입장에서는 굉장히 뜻밖이었다.

5장. 동료에서 라이벌로

조 대표는 현재의 상황을 납득하기가 힘들었다.

'청월과 협약을 맺기만 해도 다행이라고 생각했는데…… 한술 더 떠서 청월이 먼저 진정한 동료가 되길 원한다니…….'

그럴 상황이 아니란 걸 잊은 채 궁금증에 사로잡힌 조 대표가 정호에게 물었다.

"그게 정말입니까? 어째서……."

조 대표의 물음에 정호가 미소를 지으며 대답했다.

"이유는 생각보다 간단합니다. 힛 엔터테인먼트와 진정한 동료가 되었을 때 청월에게 얼마나 많은 것이 돌아올지 알고 있으니까요."

조 대표는 정호가 무슨 말을 하는지 깨닫고는 고개를 끄덕였다.

자신이 생각했을 때에도 그것만큼은 간단하고 분명했다.

분명 청월과 힛 엔터테인먼트가 손을 잡는다면 걸 그룹, 드라마, 영화 시장에 이어 보이 그룹 시장까지 장악할 수 있었다.

그렇게 된다면 청월은 전혀 다른 소속사가 될 수 있었다.

단순히 다른 소속사들의 한 수 위라고 평가받는 것이 아닌 국내를 벗어나 세계적인 기업이 될 만한 가능성을 가지게 되는 것이었다.

그걸 알고 있었기 때문에 힛 엔터테인먼트는 청월의 손을 잡고자 했던 것이었다.

그래야 언젠가 청월이 세계로 나섰을 때 힛 엔터테인먼트가 청월 대신 국내를 장악하는 소속사가 될 수 있었다.

그게 궁극적으로 힛 엔터테인먼트가 바라는 협약의 도착점이었다.

하지만 청월이 이렇게 순순히 마음을 열 것이라고는 예상하지 못했다.

분명 자신들을 경계하고 의심할 거라고 생각했다.

아라 엔터테인먼트나 큐 엔터테인먼트처럼 적극적이진 않았지만 두 소속사를 도와 청월을 견제한 것은 엄연한 사실이었기 때문이었다.

조 대표가 이 점을 지적했다.

"좋아요. 청월이 어떤 것을 원하는지 잘 알겠습니다. 하지만 어떻게 저희를 믿는 겁니까? 저희 힛 엔터테인먼트가 3대 소속사에 속한다는 걸 잊은 겁니까? 도대체 뭘 보고 이러는 거죠?"

손을 잡기 위해 노력해야 하는 쪽이 도리어 어째서 손을 잡으려고 하는지 묻는 이상한 꼴이 펼쳐졌지만, 조 대표는 궁금증을 참지 못한 채 이렇게 묻고 있었다.

언제나 이해타산적이고 이성적인 자신의 사고로는 현재의 상황을 도무지 이해할 수 없었던 탓이었다.

조 대표의 질문에도 정호는 여전히 미소를 유지했다.

그렇게 미소를 유지한 채 대답했다.

"그건 저희가 힛 엔터테인먼트의 상황과 성향을 잘 알고 있기 때문입니다."

하지만 여전히 조 대표는 정호의 말을 알아듣지 못했다.

하지만 잠시 후, 정호가 주섬주섬 뭔가를 꺼내 테이블 위에 올려놓자 조 대표는 모든 상황을 이해할 수 있었다.

조 대표가 테이블 위에 올라온 두 부의 종이뭉치를 보며 웃었다.

"하하하! 그렇군요! 이거 제가 한 방 먹었습니다!"

두 부의 종이뭉치는 다름 아닌 '계약서'였다.

◇ ◆ ◇

정호는 이번 일을 계기로 힛 엔터테인먼트를 완전히 청월의 편으로 끌어들이고 싶었다.

그렇게 했을 때 청월은 가장 손쉽게 세계로 진출할 수 있는 기본 요건을 갖출 수 있었기 때문이었다.

'힛 엔터테인먼트를 청월의 편으로 끌어들여 얻을 수 있는 이득은 크게 두 가지. 하나는 약점이었던 보이 그룹 시장에서 두각을 낼 수 있었다는 점이고, 다른 하나는 국내 시장의 안정화로 세계 시장을 도모하는 과정에서 전력을 분산시키지 않아도 된다는 점이다.'

별것 아닌 것처럼 보이지만, 청월에게 있어서는 굉장히 중요한 요소였다.

먼저 보이 그룹이라는 약점은 언제든 터질지 모를 시한폭탄 같은 존재였다.

지금이야 청월이 워낙 강세이기 때문에 아무런 문제가 되지 않았지만 청월을 지탱하는 걸 그룹, 드라마, 영화라는 세 축 중 하나라도 무너진다면 보이 그룹이라는 폭탄도 함께 터질 가능성이 높았다.

'경제 전문가들조차도 빠르고 유동적으로 급변하는 연예계에 대해서 함부로 단정 짓지 않아. 다르게 말하면 그만큼 어떤 일이 벌어질지 장담할 수 없는 게 연예계라는 뜻이다.'

정호는 그때를 대비할 필요가 있었다.

또한 정호는 청월의 위상을 더욱 공고히 할 필요가 있다고 생각했다.

현재 청월에 매겨진 평가는 3대 소속사의 한 수 위 정도밖에 되지 않았다.

청월의 성장세와 3대 소속사의 하락세를 정확하게 따지면 두 배 정도의 수준 차이가 나긴 했지만, 이것은 일시적인 상태에 불과했다.

'3대 소속사가 언제까지 하락세를 띨 거라는 보장이 없지. 오히려 1~2년 안에 하락세를 회복하여 청월의 턱밑을 쫓을 가능성이 높다. 그럴 가능성이 가장 높은 게 힛 엔터테인먼트이고.'

그래서 생각한 게 힛 엔터테인먼트와의 진정한 동료가 되는 것이었다.

힛 엔터테인먼트를 완전히 끌어안을 수만 있다면 청월은 아라 엔터테인먼트와 큐 엔터테인먼트를 압도할 수 있었기 때문이었다.

'그렇게만 된다면 해외 시장을 공략하는 동안에도 아라 엔터테인먼트와 큐 엔터테인먼트는 감히 청월을 넘보지 못할 거다. 만약 넘본다고 해도 국내를 중심으로 활동할 힛 엔터테인먼트가 첫 번째 저지선이 되어 줄 가능성이 높고.'

결국 청월로서는 힛 엔터테인먼트와 손을 잡는 것이 여러모로 효율적이었다.

그리고 언제나 계산적이고 이득에 밝은 힛 엔터테인먼트의 조 대표와 진정한 의미의 동료가 되는 방법은 생각 외로 간단했다.

그것은 바로 '계약'을 맺는 것이었다.

'조 대표는 의리나 정 따위로 묶을 수 있는 사람이 아니야. 조 대표의 신뢰를 얻을 수 있는 단 하나의 방법은 계약을 맺고 계약을 이행하는 것뿐이다.'

◇ ◆ ◇

계약서를 받아 든 조 대표는 바로 힛 엔터테인먼트의 법무팀을 소환했다.

잠시 후, 힛 엔터테인먼트의 법무팀이 쏜살같이 청월에 도착했다.

그사이 잠시 밖에 나갔던 윤 대표도 회의실로 복귀했고 밑에서 대기하고 있던 고 변호사를 비롯한 청월의 법무팀도 회의실로 올라왔다.

여유를 되찾은 조 대표가 회의실로 돌아오는 윤 대표를 맞이했다.

"짧은 시간 동안 대단한 카드를 준비하셨군요. 저희 힛 엔터테인먼트를 제대로 간파한 카드였습니다."

조 대표의 말에 윤 대표가 자리에 앉으며 대꾸했다.

"전부 밑에 있는 유능한 직원들 덕분이지요. 오늘 꼭 좋은 결과가 나왔으면 좋겠습니다."

조 대표가 고개를 끄덕이며 동의했다.

"저도 그렇습니다. 방금 청월의 저력을 제대로 확인했거든요. 저도 오늘 꼭 좋은 결과가 나왔으면 좋겠군요."

그렇게 한마디씩 주고받은 후, 두 대표가 뒤로 물러났다.

그 자리를 채운 것은 두 회사의 법무팀이었다.

청월이 제작한 계약서를 두고 두 회사의 법무팀이 본격적인 싸움을 시작한 것이었다.

위아래가 확실한 상황이었기 때문에 더 많은 이익을 챙기기 위한 싸움은 벌어지지 않았다.

독소 조항의 여부와 법적으로 문제가 발생할 소지가 있는 조항을 찾는 수준의 가벼운 잽이 오갈 뿐이었다.

워낙 청월이 힛 엔터테인먼트에게 양보하는 부분이 많았기 때문에 계약 과정은 순조로울 수밖에 없었다.

한 시간 후, 양측 법무팀의 확인 절차가 끝났고 윤 대표와 조 대표가 사인을 했다.

청월의 법무팀장인 고 변호사가 선언했다.

"이로써 청월 엔터테인먼트와 힛 엔터테인먼트의 협력 계약이 성사되었습니다. 계약서에 명시된 대로 청월 엔터테인먼트는 두 달 안으로 힛 엔터테인먼트에 협력 사업을 제안할 예정입니다. 이에 따른 힛 엔터테인먼트의 보상은……."

서로 만족스러운 계약이었다.

단순한 협력만이 가능할 거라고 생각했던 조 대표로서는 예기치 않은 행운을 얻었다고 해도 과언이 아니었다.

윤 대표와 악수를 나눈 조 대표가 정호에게 손을 내밀었다.

정호가 손을 맞잡자 조 대표는 두 사람만 들을 수 있을 정도의 목소리로 말했다.

"이 모든 걸 준비한 사람이 자네라는 걸 알고 있네."

정호가 반문했다.

"그렇습니까?"

조 대표가 고개를 끄덕였다.

"내가 바보가 아닌 이상에야 알 수밖에 없었지. 그리고 자네에게 이 말을 꼭 해주고 싶었네."

정호는 고개를 똑바로 들어 조 대표의 다음 말을 기다렸다.

"이런 기회를 줘서 고맙네. 언제나 날 놀라게 했던 자네의 전략을 기대하겠어."

조 대표의 말을 기다리고 있던 정호가 부드럽게 웃으며 대꾸했다.

"별말씀을요. 기대에 부응하도록 잘해 보겠습니다."

◇ ◆ ◇

성공적으로 힛 엔터테인먼트와의 계약을 완료한 정호가
윤 대표를 독대했다.

윤 대표가 입을 열었다.

"자네가 이번에도 고생이 많았어. 조 대표가 만만치 않
은 상대였음에도 불구하고 결국 잘 구워삶았군."

윤 대표의 말에 정호가 미소를 지으며 대답했다.

"다 대표님의 환상적인 연기 덕분이었지요. 대본에는 없
었던, 회의실을 박차고 나가는 애드리브는 정말 잘 봤습니
다."

윤 대표가 머쓱해하며 말했다.

"도저히 그 자리에 앉아 있을 수가 없었거든. 아마 자네
가 조 대표를 설득할 때 옆에 앉아 있었다면 터져 나오는
웃음을 참지 못했을 걸세."

솔직한 고백에 정호가 하하하, 하고 유쾌하게 웃으며 윤
대표의 말을 받았다.

"대표님이라면 분명 그러셨을 테지요. 잘하셨습니다. 회
의실을 제 발로 걸어서 나가셨으니 이거야말로 발연기라고
부르면 될까요?"

윤 대표가 끙, 소리를 내며 답했다.

"그만 좀 놀리게. 그나저나 어떻게 할 생각인가? 한 달 안에 협력 사업을 제안해야 하는데."

고 변호사가 작성한 계약서에 해당 조항이 들어갈 때는 정호를 믿는지 해당 조항을 보고도 아무런 말도 하지 않던 윤 대표였다.

하지만 지금에 와서는 그게 궁금한 모양이었다.

'아니면 너무 놀려서 민망해하시는 건가……'

정호는 이런 생각을 하면서 속으로 웃었다.

그러고는 윤 대표의 민망함을 덜어주기 위해 자신이 준비한 협력 사업이 무엇인지 말했다.

"청월과 힛 엔터테인먼트가 조만간 대대적으로 한판 붙을 겁니다."

정호의 말에 윤 대표가 의아함이 가득한 표정을 지었다.

"그게 무슨 소리인가? 협력 계약까지 맺은 마당에……."

확실히 윤 대표로서는 의아할 만한 상황이었다.

한판 붙으려면 협력 계약을 맺기 전에 붙어야지, 협력 계약까지 하고 나서야 한판 붙는다니 보통의 상식이라면 말이 되질 않았다.

아예 그렇다면 협력 계약을 맺지 말던가.

의아해하는 윤 대표에게 정호가 웃으며 대꾸했다.

"물론 그냥 붙는다는 게 아닙니다."

"그러면?"

"청월의 보이 그룹 하나와 힛 엔터테인먼트의 보이 그룹 하나를 선정해서 그 둘을 맞붙게 할 겁니다. 단순히 맞붙는 정도가 아니라 아주 치열하고 처절하게 말입니다."

그제야 윤 대표가 뭔가를 깨달았다.

이 정도까지 말했는데 연예계에서 닳고 닳은 윤 대표가 정호의 말을 알아듣지 못할 리가 없었다.

"아, 그거로군."

정답을 알아챈 윤 대표에게 정호가 말했다.

"네, 맞습니다. 청월의 보이 그룹 하나와 힛 엔터테인먼트의 보이 그룹 하나를 '라이벌'로 만들 겁니다. 일종의 '비교 광고 전략'이 되겠지요."

자신들의 브랜드를 경쟁 상대의 브랜드와 비교하여 마케팅 효과를 얻는 비교 광고는 아는 사람이라면 다 아는 꽤나 유명한 전략이었다.

특히 대표적으로 코크 콜라와 펜시 콜라의 비교 광고가 굉장히 유명했다.

유명한 코크 콜라와 펜시 콜라의 비교 광고 내용은 다음과 같았다.

키가 작은 아이가 냉장고를 연다.

냉장고에는 낮은 칸에 펜시 콜라가 진열돼 있고 높은 칸에는 코크 콜라가 진열돼 있다.

아이는 펜시 콜라 두 개를 꺼내 바닥에 내려놓는다.

그러고는 그걸 밟고 올라가 코크 콜라를 꺼내 먹는다.

이와 함께 코크 콜라의 유명한 로고가 화면에 뜬다.

이 비교 광고는 펜시 콜라보다 코크 콜라가 맛있다는 것을 위트 있는 이미지로 명료하게 드러낸다.

하지만 그렇다고 해서 실제로 코크 콜라가 펜시 콜라보다 맛있다는 걸 어필한다고 볼 수는 없었다.

'그보다는 이 비교 광고를 시청한 사람들로 하여금 코크 콜라라는 브랜드에 대한 신선한 감각을 심어준다는 점이 핵심이지.'

다시 말해서 이 비교 광고가 '재밌네, 한번 먹어볼까?'라는 생각이 들도록 한다는 뜻이다.

게다가 이런 인상적인 광고를 본 사람들은 코크 콜라와 펜시 콜라를 모두 좋아하는 경우에 한해서 코크 콜라를 고를 가능성이 더 높았다.

머릿속에 박힌 이미지가 코크 콜라를 더 맛있고 신선한 제품으로 생각하게 만들기 때문이었다.

이처럼 비교 광고는 효과가 확실하게 증명된 마케팅 전략이었다.

또한 이런 비교 광고가 해외에만 있는 것은 아니었다.

'국내에서도 눈 밝은 사람들을 위한 재미있는 비교 광고가 많지.'

정호가 기억하는 가장 인상적인 비교 광고는 KKT를 겨냥한 SSKT의 비교 광고였다.

KKT가 "고객을 위한 서비스, 발로 뛰겠소."라는 문구를 전면에 내걸고 광고를 할 때가 있었는데, SSKT는 이 광고를 은근슬쩍 비틀어 이런 문구를 내세웠다.

그것은 바로 "발로 뛰는 서비스 위에 하늘을 나는 서비스."라는 문구였다.

KKT보다 SSKT의 서비스가 낫다는 걸 보여주는 재치 있는 비교 광고였던 것이다.

이외에도 피자미스터가 헛피자를 겨냥해서 "후라이팬에 익혀 기름이 흥건한 피자를 진짜 피자라고 생각하셨습니까? 그렇다면 피자를 헛, 드셨군요!"라는 문구를 만들었고 또한 나래드 사이다가 팔성 사이다를 겨냥해서 "사이다의 깨끗한 이미지만을 드시렵니까?"라는 문구를 만들었다.

'이렇게 문구를 만들어 자신들의 브랜드를 경쟁 상대의 브랜드와 비교하는 건 비교 광고의 기본 중 기본이라고 할 수 있지. 하지만 내가 생각하는 건 조금 다르다.'

정호가 고려하고 있는 것은 매그드날드와 빅버거킹의 비교 광고였다.

햄버거 업계의 1, 2위를 다투는 두 회사는 햄버거만이 아니라 비교 광고로도 꾸준히 경쟁을 벌여 왔다.

빅버거킹이 공격을 하면 매그드날드가 반격을 하는 방식

이었다.

심지어 공격과 반격을 주고받는 것이 일회성에 그치는 것이 아니라 자그마치 30년에 가깝게 이런 비교 광고 경쟁을 벌여왔다.

그 결과, 의외의 효과가 일어났다.

햄버거라고 하면 매그드날드와 빅버거킹부터 떠오르기 시작한 것이다.

'지금이야 시장의 확대로 다양한 햄버거 브랜드들이 탄생했지만 여전히 매그드날드와 빅버거킹이 최고의 햄버거 회사라는 데 이견을 달 수 있는 사람은 많지 않을 것이다. 심지어 진입 장벽도 굉장히 높은 편이고. 이렇게 되는 데 상당 부분 일조한 것이 두 회사의 경쟁적인 비교 광고라고 볼 수 있지.'

정호는 매그드날드와 빅버거킹의 사례를 활용할 생각이었다.

청월의 보이 그룹 하나와 힛 엔터테인먼트의 보이 그룹 하나를 선정해 지속적으로 비교 광고가 가능하게 만들 생각이었던 것이다.

정호는 우선 예중태와 하기진, 그리고 민봉팔에게 자신의 생각을 허심탄회하게 털어놓았다.

세 사람은 정호가 가장 믿는 사람들이었고 동시에 이 방면으로 가장 훌륭한 전문가들이었기 때문이었다.

세 사람 모두 고개를 끄덕이며 정호의 전략을 긍정적으로 평가했다.

그중에서도 연예계 분야에서는 가장 특화됐다고 할 수 있는 민봉팔이 정호의 전략을 무척이나 마음에 들어 했다.

"확실히 아이돌 그룹들은 과거부터 라이벌 구도를 만들어 상승효과를 이끌어 내곤 했으니까. 괜찮은 전략인데?"

아닌 게 아니라 라이벌 구도는 아이돌 그룹의 중요한 키워드 중 하나였다.

1세대 아이돌로는 HOP와 젝스터스, SUS와 펑키가 대표적이었고, 이어서 동방신수와 SS301, 소녀세상과 원더풀걸스가 있었으며, 가장 최근에는 엑스와 방탄소년들이 그러했다.

이러한 아이돌 그룹들의 라이벌 구도는 정호가 이번 비교 광고 전략을 선택한 중요한 이유 중 하나였다.

확실한 선례들이 있으니 충분히 통할 전략이라는 생각이 들었던 것이다.

하지만 긍정적인 의견만 있었던 것은 아니었다.

예중태가 맹점을 짚었다.

"하지만 기존의 라이벌 구도는 팬들이 자발적으로 만들

었다고 할 수 있습니다. 딱 봐도 성공 견적이 나오는 두 아이돌 그룹을 팬들이 라이벌 구도로 묶고, 이후에 언론이 이런 팬들의 행동을 부추긴 것이지요."

확실히 맞는 말이었다.

지금껏 일부러 이런 구도를 만든 사례는 없었다.

또한 일부러 이런 사례를 만들었을 때 어떤 부작용이 생기게 될지 예측하는 것도 힘들었다.

하지만 이 정도의 리스크도 감수하지 않고 일을 진행시킬 생각은 애초에 없었던 정호였다.

"중태 씨의 말이 맞긴 합니다. 하지만 아무도 시도하지 않았다고 해서 지레 겁을 집어먹고 포기를 하는 것도 말이 되지 않습니다. 어떻게 하는 게 최선이겠습니까? 중태 씨의 생각을 말씀해 주세요."

정호의 질문에 언론계의 최전방에서 일하며 누구보다 여론에 민감해진 예중태가 적절한 대답을 내놓았다.

"팬들이 기만을 당했다는 생각이 들지 않게 하는 것이 중요합니다. 라이벌 구도가 만들어진 것이라는 걸 뒤늦게 알면 팬들은 큰 배신감을 느낄 것이 분명하니까요. 그러니 일단 청월과 힛 엔터테인먼트가 협력 관계에 놓였다는 걸 팬들에게 알리는 게 좋겠습니다."

정호는 예중태가 하고 싶은 말을 어렵지 않게 파악했다.

"두 보이 그룹의 라이벌 구도가 일종의 마케팅 전략이라는 걸 드러내는 거군요. 팬들의 놀이로 만들 수 있게."

예중태가 고개를 끄덕이며 대꾸했다.

"맞습니다. 비교 광고의 핵심은 결국 재치와 위트가 겸비된 감각으로 신선한 충격을 주는 데 있으니까요."

충분히 좋은 의견이었다.

그리고 이 의견에 이런 종류의 전략을 짜는 데 특화된 하기진이 살을 덧붙였다.

"놀이가 되면 좋겠지만 신선함이 반감될 가능성도 배제할 수 없었습니다. 차라리 아예 메타적으로 접근하는 건 어떨까요?"

정호가 반문했다.

"메타적으로요?"

"네. 두 보이 그룹은 매 순간 경쟁을 하는 한편, 스스로가 마케팅 전략으로 경쟁 상태에 놓여 있다는 걸 인지하는 거지요."

메타픽션, 메타평가, 메타히스토리 등에서 사용하는 '메타'라는 것이 있었다.

흔히 이것은 접두사처럼 붙어 '체언A에 대한 체언A'를 뜻하는 용어로 활용됐다.

쉽게 풀어서 설명하면 어떤 행동을 할 때 그것이 만들어지는 과정부터 그것이 형성된 결과까지 스스로가 모두 파악하고 인지하고 있는 것을 뜻하는 용어라고 할 수 있었다.

예를 들어 정호가 생각하는 비교 광고 전략에 메타적 요소를 결합하면 이런 그림이 나올 수 있었다.

라이벌 구도에 있는 두 보이 그룹이 한 예능에 출현한다.

두 보이 그룹은 평소 서로를 강력하게 비난하기 때문에 절대로 같은 예능에 나올 수 없을 것 같다.

그런데 두 보이 그룹이 한 예능에 같이 나왔고 그러다 보니 그 예능을 진행하는 MC로서는 의아할 수밖에 없다.

MC가 묻는다.

"어떻게 두 그룹이 같이 나오게 된 거예요. 두 그룹은 거의 원수 같은 사이 아니었나요?"

그러자 한 보이 그룹의 리더가 대답한다.

"거의 원수 같은 사이죠. 돈을 벌기 위해서요."

그 말을 다른 보이 그룹의 리더가 받는다.

"이제 어떤 게 먼저인지 모르겠어요. 돈을 벌려고 욕을 했는지 욕을 하다 보니까 돈을 벌게 된 건지."

머릿속에 그려지는 그림을 정리하자 생각만 해도 웃음이 나왔다.

그랬기 때문에 정호는 하기진의 의견에 쉽게 동의할 수 있었다.

"흥미롭군요. 지금까지 없었던 재미있는 그림이 나올 수 있겠어요."

◇ ◆ ◇

세 사람의 의견을 정리하여 정호는 밤을 지새우다시피 하여 제안서를 만들었다.

그런 후, 해당 제안서를 윤 대표에게 결재받았다.

윤 대표가 결재를 하며 말했다.

"조 대표가 무척이나 좋아할 것 같군. 아주 잘 만들어진 전략이고, 제안서야. 고생했네."

"감사합니다."

정호는 윤 대표의 결재를 받고 곧바로 힛 엔터테인먼트에 제안서를 보냈다.

'며칠이 지나면 답변이 돌아오겠지. 그동안 좀 느긋하게 있어야겠다.'

비교 광고, 라이벌 구도, 팬들을 기만하지 않는 전략, 메타적 특성 등을 한 제안서 안에 모두 담아야 했던 정호로서는 힘이 들 수밖에 없었다.

무엇보다 제안서를 쓰느라 거의 밤을 지새우다시피 한 것이 정호를 피곤하게 만든 결정적인 이유였다.

그렇게 정호는 휴식을 취하기 위해 몸을 침대에 눕혔고 잠깐 잠이 들었다.

하지만 언제나 그렇듯 정호의 휴식은 짧았다.

정호가 생각한 것보다 힛 엔터테인먼트의 답변이 빠르게

돌아왔기 때문이었다.

단순히 빠를 뿐만이 아니었다.

정호의 제안서를 읽고 전화를 건 사람은 다름 아닌 조 대표였다.

조 대표는 감탄한 기색을 감추지 않고 말했다.

"굉장한 전략이 나올 거라고 생각하긴 했지만 이 정도일 줄은 전혀 짐작도 못 했습니다……. 어떤 보이 그룹을 내보내야 할지가 고민이지만 이 부분만 해결한다면 반드시 성공할 만한 전략이라고 생각되더군요."

조 대표의 말에 정호가 미소를 지으며 말했다.

"긍정적으로 말씀해 주셔서 감사합니다."

"긍정적일 수밖에요. 그나저나 전략을 짜느라 고생하셨을 텐데 제가 마음이 급해 이렇게 실례를 저지르고 말았군요. 쉬고 계셨습니까?"

"아닙니다. 벌써 한숨 푹 잤습니다. 그럼 자세한 상의는 언제 만나서 하면 좋겠습니까?"

조 대표가 대답했다.

"언제든지요. 언제가 좋겠습니까?"

"그럼 내일 오후 3시에 뵙기로 하죠. 조 대표님께서 직접 오시나요?"

"제가 직접 가면 좋겠지만 내일은 저 대신 힛 엔터테인먼트의 이사들이 청월을 찾아갈 겁니다."

조 대표의 대답을 듣고 정호가 반색했다.

"힛 엔터테인먼트의 이사 분들이라면 강철두, 최승원, 정민태, 이 세 분입니까?"

정호가 반색하는 이유는 간단했다.

이 세 사람은 이전의 시간부터 아주 유능하기로 유명했던 인물들이었기 때문이었다.

정호는 한 번쯤 기회가 된다면 이 세 사람들과 함께 일을 해보고 싶었다.

반가워하는 정호의 기색을 알지 못하고 조 대표가 대답했다.

"네, 맞습니다. 세 사람 모두 힛 엔터테인먼트를 지탱하는 중요한 기둥들이라고 할 수 있죠. 저번에 만났을 때 인사하셨죠?"

매니지먼트 제왕

7장. 지킬 앤 하이드

조 대표와 전화 통화를 하며 반색했던 것도 잠시.

다음 날, 정호는 힛 엔터테인먼트에서 오기로 한 세 명의 이사들을 기다리며 긴장했다.

정호가 긴장하는 것은 기대감 때문이 아니었다.

단지 한 번쯤 같이 일을 해보고 싶다는 마음 때문이라면 배태랑 중의 배태랑인 정호가 이렇게 긴장할 리가 없었다.

사실 강철두, 최승원, 정민태는 이전의 시간에서 정호와 적지 않은 인연이 있는 사람들이었다.

'최고의 반열에 오르기 위해 한경수가 제거했던 세 사람이 바로 강철두, 최승원, 정민태였지…….'

이전의 시간에서 힛 엔터테인먼트 최고의 젊은 인재였던 세 사람은 조 대표가 일선에서 물러난 뒤 각자의 길을 도모했다.

그때 조 대표를 이어 힛 엔터테인먼트의 수장이 된 이가 강철두였다.

강철두는 이후 아라 엔터테인먼트와 큐 엔터테인먼트가 주춤할 때에도 흔들리지 않으며 힛 엔터테인먼트의 자리를 잘 사수했고 이 틈을 타 위로 치고 올라온 청월, 코끼리팩토리와 3대 소속사를 형성했던 인물이었다.

'내가 최초의 시간 결제를 하기 직전, 한경수에게 제거된 인물이기도 하고…….'

최승원, 정민태도 강철두만큼이나 유능한 인재였다.

비록 힛 엔터테인먼트의 대표가 되진 못했지만 강철두가 대표의 자리에 오를 시기에 독립하여 각자의 소속사를 차렸고 순식간에 3대 소속사의 턱밑까지 쫓아왔다.

'한경수를 만만하게 보지 않고 대비를 했더라면 최승원과 정민태의 소속사는 3대 소속사라는 위명을 무너뜨리고 5대 소속사를 형성했을 만했지……. 그만큼 능력이 있는 인물들이었으니까…….'

결국 강철두, 최승원, 정민태는 이전의 시간에서 정호와 악연이 있는 인물들이라고 볼 수 있었다.

이 사실이 정호를 긴장하게 만들었다.

'지금까지는 이전의 시간부터 인연이 있었던 인물들이나 인연이 없었던 인물들과 일을 해왔다. 이처럼 악연으로 얽힌 인물들과 일을 진행하는 것은 이번이 처음인 것 같군.'

따지고 보면 강여운이나 프롬 프로덕션의 정 대표도 악연으로 얽혔다고 할 수 있었지만 강철두, 최승원, 정민태만큼은 아니었다.

'내가 그들의 죽음에 일조한 것은 아니었으니깐……'

잠시 후, 기대와 긴장이 반반 섞인 감정으로 기다리고 있던 힛 엔테테인먼트의 3인방이 정호의 사무실에 도착했다.

걱정과는 달리 세 사람과 정호 사이에는 아무런 문제가 없었다.

오히려 강철두, 최승원, 정민태가 정호에게 굉장히 호의적이었다.

그중에서도 특히 강철두는 굉장히 적극적으로 정호에게 호감을 보였다.

간단히 인사를 나눈 후, 자리에 앉자마자 강철두가 입을 열었다.

"스스로 이런 말을 하기 부끄럽지만 저희는 이 바닥에서 굉장히 젊고 능력 있는 인재들이라고 자부해 왔습니다.

그래서 늘 오 이사님을 만나 뵙고 싶었죠. 저희가 반딧불이라면 오 이사님은 하늘에 떠 있는 달이라고 평가받는 인물이었으니까요."

강철두의 말에 정호가 당황하며 대꾸했다.

"아…… 하하하. 과찬이십니다. 저는 그 정도로 대단한 인물이 아닙니다."

강철두가 고개를 저었다.

그러고는 말을 이었다.

"저희도 그럴 거라고 생각했습니다. 분명 소문이 과장됐을 거라고 지레짐작을 한 거죠. 하지만 아니었습니다. 저희 대표님을 휘어잡은 것만으로도 대단하다고 생각했는데, 오 이사님은 정말 입이 떡 벌어지는 전략을 저희에게 보내 주셨으니까요."

강철두가 말을 마치자 동의를 한다는 듯 힛 엔터테인먼트에서 온 나머지 두 사람도 고개를 끄덕였다.

확실히 세 사람의 눈에는 한 사람에 대한 경의가 담겨 있는 듯했다.

그 경의는 다름 아닌 정호를 향하고 있었고.

정호가 속으로 생각했다.

'이거 난감하군…….'

단순히 앞으로 인연을 쌓아야 하는 상대라면 호의를 아무렇지도 않게 받아들일 수 있었다.

하지만 강철두, 최승원, 정민태와의 관계는 단순하지 않았다.

정호의 기억 속에는 과거의 악연이 엄연히 존재했기 때문이었다.

그러다 보니 정호로서는 현재의 상황이 조금 불편할 수밖에 없었다.

하지만 세 사람이 호의에 젖은 채 정호를 대할수록 정호의 마음은 점차 풀려갔다.

강철두만이 아니라 최승원, 정민태도 정호와 좋은 관계를 쌓기 위해 한마디씩 덧붙였던 것이다.

"그래미 어워드와 아카데미를 휩쓰는 데 오 이사님의 전략들이 활용됐다고 들었습니다. 실례가 아니라면 그때의 일을 들려주실 수 있을까요?"

"어…… 그거는……."

"오 이사님이 해낸 일 중 제가 가장 인상 깊게 생각하는 것은 회만 예술 마을과 홍대 예술 마을의 건립입니다. 이 부분도 혹시 말씀해 주실 수 있을까요? 어떻게 예술 마을 건립을 생각하시게 되었나요?"

"아…… 그게 어떻게 된 거냐면……."

그렇게 정호는 세 사람과 활발하게 대화를 나눴다.

세 사람은 마치 은사의 귀한 가르침을 받는 것처럼 눈을 초롱초롱 빛내며 정호의 얘기에 경청했다.

그리고 그런 세 사람을 보며 어느 순간, 정호는 이런 생각을 했다.

'그래. 과거의 인연은 과거의 인연일 뿐이다. 악연이라는 점이 마음에 걸리지만 이 악연조차도 새로 쌓을 수 있는 기회를 얻은 만큼 잘 다져 나가는 게 중요해.'

그렇다고 정호가 과거의 악연을 싹 잊고 세 사람을 대할 생각은 아니었다.

정호는 과거의 악연만큼 세 사람에게 더 많은 것을 해주기로 마음먹었다.

'그러기 위해서는 무엇보다 이번 일을 잘 성사시키는 게 중요해.'

이렇게 생각을 정리하며 정호가 입을 열었다.

"사담은 여기까지 하죠. 이제 일에 대한 얘길 해봅시다."

확실히 유능한 인재들다웠다.

강철두, 최승원, 정민태는 정호가 제안한 이번 프로젝트의 핵심이 무엇인지 완벽하게 이해하고 있었다.

그래서 업무에 관한 논의를 하기가 굉장히 수월했다.

정호를 비롯한 힛 엔터테인먼트의 세 사람은 이번 프로젝트를 성공시키기 위한 기본적인 얼개를 짰다.

우선 꼭 해내야 하는 일들을 순차적으로 정리한 뒤, 빈 공간을 세부적인 사항으로 채우는 방식이었다.

이 과정에서 놓치지 말아야 할 주의 사항도 생각나는 대로 정리하는 것을 잊지 않았다.

그렇게 세 시간 만에 구체적인 업무 방향이 잡혔다.

정리된 사항을 확인하며 최승원이 말했다.

"역시 가장 먼저 해야 할 일은 청월과 힛 엔터테인먼트에서 라이벌 구도로 붙일 만한 보이 그룹을 선정하는 것이겠군요."

정호가 대답했다.

"아무래도 그렇죠. 아마 제일 중요한 업무가 될 겁니다."

정민태가 옆에서 고개를 끄덕이며 끼어들었다.

"머릿속에 떠오르는 연습생들이 몇몇 있지만 오 이사님이 만나보시고 어떤 연습생을 데뷔시킬지 결정하는 데 도움을 주시면 좋겠습니다."

정민태의 말을 강철두가 받았다.

"아예 오디션을 보는 건 어떨까요? 청월 셋, 힛 엔터테인먼트 셋을 합친 총 여섯 명의 심사위원을 구성해서 청월의 연습생과 힛 엔터테인먼트의 연습생을 고르는 거죠."

좋은 의견이었다.

그렇게 하면 청월이니 힛 엔터테인먼트가 자체적으로 뽑은 연습생이 마음에 들지 않는 경우를 사전에 예방할 수 있을 것 같았다.

'뛰어난 연습생을 뽑는 것 역시 중요하지만, 두 보이 그룹이 경쟁 구도에 놓일 수 있게 밸런스를 맞출 수 있는 연습생을 뽑는 것도 무시할 수 없어. 그런 점에서 봤을 때 강철두의 제안은 매우 합리적이다.'

정호는 오디션을 보자는 강철두의 의견에 동의했고 최대한 빨리 오디션 날짜를 확정하는 것으로 합의를 봤다.

첫 번째 회의가 그런 식으로 마무리될 때였다.

최승원이 불쑥 정호에게 질문했다.

"그나저나 이번 프로젝트의 이름을 확실히 정하는 게 좋지 않을까요? 혹시 생각해 두신 것이 있습니까?"

최승원의 질문에 정호가 천천히 입을 열어 답했다.

"아, 그것은……."

◇ ◆ ◇

일주일 후, 청월의 가수 부분 남자 연습생들이 한자리에 모였다.

연습생들이 모인 장소는 청월의 사무실에서 20분 정도 거리에 있는 체육관이었다.

갑작스럽게 소식을 전해 듣고 한자리에 모였기 때문인지 웅성거리는 소리가 체육관을 가득 메웠다.

"뭐지? 이게 무슨 일이지?"

"몰라. 나도 어제 갑자기 연락을 받았어."

한창 연습생들이 웅성거리고 있을 때, 그런 연습생들의 앞으로 인재개발팀의 김 팀장이 등장했다.

김 팀장이 등장하자 웅성거리던 소리는 점차 잦아들었다.

완전히 연습생들의 목소리가 잠잠해질 때쯤 김 팀장이 입을 열었다.

"다들 여기에 모인 이유가 궁금할 것이다. 확실히 그럴 만하지. 여기 모인 인원들은 아직 그룹명조차 받지 못한 연습생이 태반일 테니깐."

김 팀장의 말에 연습생들이 고개를 끄덕였다.

청월의 인재개발팀 발족 전에도 지금껏 연습생이 이렇게 대대적으로 모인 경우는 단 한 번도 없었다.

그것도 심지어 가수 부분의 남자 연습생만.

한 용기 있는 연습생이 손을 들었다.

"왜 여기에 우리가 모인 건가요? 오늘 보이 그룹 하나가 탄생할 거라는 소문이 있던데 사실인가요?"

손을 들어 질문을 한 연습생은 3개월 후로 데뷔 날짜가 확정된 연습생이었다.

경쟁 관계에 있다 보니 남자 연습생들 사이에서도 엄연히 계급 비슷한 것이 존재했는데 계급은 크게 세 가지로 나뉘었다.

그룹명조차 받지 못한 연습생, 그룹명을 받은 연습생, 그룹명을 받고 데뷔 날짜가 확정된 연습생.

방금 손을 들어 질문을 한 연습생은 연습생들 중에서도 가장 높은 계급에 위치한다고 할 수 있었다.

김 팀장이 긍정했다.

"소문은 사실이다. 오늘 새로운 그룹이 하나 탄생할 예정이다. 다름 아닌 오 이사님이 직접 주관하는 프로젝트의 아래에서."

김 팀장의 말을 듣고 연습생들이 다시 한 번 웅성거리기 시작했다.

그만큼 파급력 있는 말이 김 팀장의 입에서 나왔기 때문이었다.

"들었어? 오 이사님의 프로젝트래!"

"와, 대박! 근데 말이야. 만약 데뷔 날짜 받은 애들이 뽑히면 새로운 그룹에 들어가는 건가?"

"에이. 설마 그러겠어? 데뷔 날짜 받은 애들은 다른 연습생들 자극받으라고 부른 거겠지."

김 팀장이 다시 웅성거리기 시작한 연습생들을 조용히 시켰다.

"자, 주목."

김 팀장의 말에 연습생이 집중했다.

그런 모습을 보며 김 팀장이 말을 이었다.

"다들 궁금한 게 많을 거다. 그리고 지금 이 자리에서 여러분들의 궁금증을 풀어주도록 하겠다. 먼저 오늘은 아까 말했던 대로 새로운 팀을 뽑기 위한 오디션이 진행될 예정이다. 오디션은 보컬, 랩, 댄스로 구분해 진행될 것이다. 인원은 여섯 명. 그룹명을 받았든 데뷔 날짜가 확정됐든 상관없이, 이 팀에 뽑히면 여기에 합류하여 가장 빠른 시일 내에 데뷔를 하게 될 것이다."

김 팀장의 말을 듣고 남자 연습생들의 눈이 반짝거렸다.

이 상황이 엄청난 기회란 걸 깨달았기 때문이었다.

"그리고 이번 프로젝트의 이름은 바로…… '지킬 앤 하이드' 다."

인재개발팀의 김 팀장이 청월의 가수 부분 남자 연습생들에게 이번 오디션에 대해서 설명해 주고 있을 때였다.

김 팀장을 제외한 5명의 심사위원이 체육관 한편에 마련된 방에서 남자 연습생들을 기다리고 있었다.

청월의 심사위원에 이 프로젝트의 기획자인 정호는 당연히 포함됐고, 김 팀장은 인재개발팀 팀장의 자격으로 선정됐다.

나머지 한 자리를 꿰찬 인물은 민봉팔이었다.

최근 청월의 오랜 공신이라고 할 수 있는 최 이사가 은퇴를 하면서, 공석이 된 자리에 오를 인물로 민봉팔이 공공연하게 언급되고 있었다.

'추측이 아니라 사실이다. 오늘 오후쯤이면 인사 공문이 내려올 예정이지.'

다시 말해서 이번 오디션은 신인개발이사가 될 민봉팔의 첫 번째 업적 중 하나로 기록될 예정이라는 뜻이었다.

그래서 그런지 민봉팔은 조금 긴장한 듯했다.

민봉팔이 말했다.

"긴장되네요. 어서 애들을 보고 싶습니다."

정호가 그런 민봉팔을 보며 웃었다.

약간 긴장한 상태이긴 했지만 분명 좋은 인재를 누구보다 빠르고 확실하게 캐치할 것이 분명한 민봉팔이었기 때문이었다.

다음으로 힛 엔터테인먼트의 심사위원은 이사 3인방 중 한 사람인 정민태를 비롯한 또 다른 두 사람이었다.

정호로서도 오늘 소개받은 사람들이었다.

정호가 새로 알게 된 두 사람의 면모를 살피며 생각했다.

'힛 엔터테인먼트의 신인발굴팀의 팀장과 음반제작팀의 팀장이라고 그랬었나?'

정민태가 힛 엔터테인먼트의 인재개발이사였으니 꽤 구색이 맞는 심사위원 조합이라고 할 수 있었다.

'청월의 음반제작팀 팀장이 참석하지 못한 것만이 조금 다르군⋯⋯.'

청월은 음반제작팀과 인재개발팀의 업무가 철저하게 분업이 돼 있는 편이었다.

하지만 힛 엔터테인먼트는 음반제작팀과 신인발굴팀이 비슷한 개념으로 협업을 하는 모양이었다.

'조금 헷갈리긴 하지만 회사마다 부서를 구성하는 것이 다르니 어쩔 수 없지. 그나저나 오디션은 언제쯤 시작하려나⋯⋯.'

정호가 이런 생각을 하고 있을 때 정민태가 정호에게 말을 걸어왔다.

"청월은 가수 부분의 남자 연습생이 굉장히 많군요. 힛 엔터테인먼트의 두 배는 되는 것 같습니다. 다른 연습생 규모도 비슷한가요?"

정민태의 말에 정호가 고개를 저었다.

"아닙니다. 성별과 장르 구분 없이 통틀어서 가수 부분의 남자 연습생이 조금 과도하게 많은 편입니다. 약점을 메우기 위해서 저희 인재개발팀의 김 팀장이 굉장히 노력했거든요."

정호가 무슨 말을 하는지 깨닫고 정민태가 고개를 끄덕였다.

"그렇군요. 어쨌든 기대가 됩니다. 숫자가 많으니 좋은 인재도 많을 것 같네요."

정호가 여유롭게 웃으며 말했다.

"그건 두고 봐야 아는 거겠죠."

◇ ◆ ◇

잠시 후, 본격적인 오디션이 시작됐다.

그리고 오디션이 진행될수록 정호를 제외한 다섯 명의 심사위원들의 표정은 점차 굳어갔다.

숫자가 많으니 좋은 인재도 많은 것 같다고 말했던 정민 태의 표정이 눈에 띄게 딱딱해졌다.

다섯 번째 댄스팀의 무대를 감상한 직후 정호가 정민태 에게 물었다.

"어떻습니까? 청월 연습생들의 실력이?"

정호의 질문에 잠시 말문이 막혔던 정민태가 순순히 대답했다.

"아직 여물지 않은 느낌이 많이 나는군요. 하지만 다들 어떤 이유에서 뽑았는지는 알 것 같습니다."

한 회사의 인재개발이사다운 발언이었다.

청월 연습생들의 대다수는 현재의 실력보다는 가능성을 보고 뽑은 경우가 많았기 때문이었다.

그리고 이 가능성은 3~5년의 연습 기간이 지났을 때에야

만개할 수 있었다.

옆에서 정호와 정민태의 대화를 듣고 있던 인재개발팀의 김 팀장이 끼어들었다.

"나중에 훌륭한 연예인이 될 인재들입니다. 물론 지금은 부족하지만요. 그래도 뒤로 갈수록 볼만해질 겁니다. 뒤쪽으로는 그룹명을 받거나 데뷔 날짜가 확정된 친구들이 나올 예정이거든요."

김 팀장의 말에 정민태가 기대가 된다는 듯 몸을 앞으로 숙였다.

확실히 여섯 번째 팀부터는 실력이 괜찮았다.

일곱 번째 팀을 보고 나서는 정민태가 살짝 흥분을 하며 말했다.

"확실히 좋군요. 이제 몇 팀이 남았죠? 세 팀만 더 지나면 진짜 좋은 인재들이 나올 것 같은데."

정민태의 말에 김 팀장이 당황하더니 곧 우울한 표정을 지었다.

우울해하는 김 팀장 대신에 민봉팔이 웃으며 대신 대꾸해줬다.

"한 팀 남았습니다."

민봉팔의 대답을 듣자마자 정민태의 표정은 다시 한 번 눈에 띄게 딱딱해졌다.

◇ ◆ ◇

그나마 다행인 것은 마지막 팀의 공연이 꽤나 괜찮았다는 것이었다.

마지막 팀이 나가고 정민태가 안도의 한숨을 내쉬었다.

그러고는 말했다.

"다행이군요. 이대로라면 제가 큰 결례를 저지를 뻔했습니다."

여전히 김 팀장이 우울해했지만 정호가 유쾌하게 웃으며 대답했다.

"하하하. 결례라고 할 것도 없습니다. 청월이 보이 그룹 시장에 약한 것에는 다 그만한 이유가 있는 것이지요."

정호는 이렇게 말하며 김 팀장의 어깨를 두드려줬고 이어서 정민태에게 물었다.

"그나저나 어떻게 보셨습니까?"

정민태가 김 팀장에게 미안하다는 표정을 짓고는 정호의 질문에 답했다.

"두 명의 실력이 무척이나 좋았습니다. 조정빈이라는 친구와 박태영이라는 친구입니다."

정민태의 말에 민봉팔이 동의했다.

"확실히 두 명의 실력이 가장 좋았죠. 조정빈이 물처럼 부드러운 춤을 춘다면 박태영은 불과 같은 박력과 에너지가 인상적이었습니다."

정호가 보기에도 두 명의 실력이 가장 좋았다.

둘 중에 한 사람을 꼽기가 어려울 정도로.

하지만 정호는 이미 두 사람 중 누구를 '지킬 앤 하이드 프로젝트'에 합류시킬지 결정을 내린 상태였다.

정호가 입을 열었다.

"그렇다면 박태영 연습생을 뽑도록 하죠."

정호의 얘길 듣고 정민태가 물었다.

"박태영으로요? 조정빈도 나쁘지 않았는데요?"

반발을 한다기보다는 정말 왜 그런지 이유가 궁금하다는 표정이었기 때문에 정호가 순순히 대답했다.

"제가 박태영 연습생을 고른 것은 인성 때문이었습니다."

사실 정호는 조정빈을 기억하고 있었다.

이전의 시간에서 조정빈은 팀 동료를 따돌려서 커다란 문제를 일으키고 연예계에서 퇴출된 인물이었다.

그러다 보니 정호로서는 아무런 데이터가 없는 박태영 쪽이 마음에 들 수밖에 없었다.

심지어 주기적으로 올라오는 인재개발팀의 보고서도 정호의 결정에 중요한 역할을 했다.

정호가 김 팀장을 바라봤다.

김 팀장은 정호가 무슨 뜻으로 자신을 바라봤는지 깨달으며 입을 열었다.

"네. 윗선에는 이미 다 보고가 됐지만 사실 정빈이는…… 사생활 측면에서 몇 가지 문제가 있는 편입니다. 최근에도 같이 연습하는 동료를 따돌려서 퇴출 경고를 받은 상태고요."

김 팀장의 말을 듣고 정민태가 감탄했다.

"아…… 그런 사연이……."

그러고는 굉장히 놀란 눈을 하며 정호를 바라봤다.

그럴 수밖에 없는 게 사람은 컴퓨터가 아니었다.

다시 말해서 본인 업무와 관련된 사항이 아니라면 보고를 했다고 해도 이 정도의 사소한 내용은 잊어버리는 것이 보통이라는 뜻이었다.

결국 이런 걸 기억한다는 건 해당 업무와 직접적으로 관련된 인재개발이사에 준하는 직책에 있는 사람 정도뿐이라는 얘기였다.

그런데도 정호는 신인에 관련된 보고를 기억하고 조정빈을 제외하고 박태영을 고른 것이었다.

정민태가 놀란 채로 말했다.

"대단하시군요. 기획이사임에도 불구하고 그런 보고서의 내용을 일일이 전부 기억하시다니……."

정민태의 말에 정호가 손사래를 치며 말했다.

"우연입니다, 우연. 정말 그걸 다 기억한다면 사람이 아니라 로봇이겠죠."

◇ ◆ ◇

하지만 오디션이 진행될수록 정민태는 정호를 사람이 아닌 로봇으로 볼 수밖에 없었다.

댄스팀에 이어서 보컬팀과 랩팀의 오디션이 진행될수록 정호는 더 섬세하게 보고서의 내용들을 기억하고 연습생을 선정했기 때문이었다.

특히 보컬팀의 연습생을 선정할 때가 가관이었다.

보컬팀이 들어오기도 전에 정호가 김 팀장에게 물었다.

"이쪽은 안형건, 강도준, 석지현 연습생이 강세였죠?"

김 팀장이 대답했다.

"그렇습니다. 특히 요즘 도준이가 실력이 많이 늘고 있었습니다."

김 팀장의 말에 정호가 고개를 끄덕이며 말했다.

"비주얼이 굉장한 연습생이었는데 노래 실력까지 늘었다니 기대가 되는군요. 하지만 안형건, 석지현 연습생이 한 팀이라고 기억하고 있는데 두 사람 다 빼버려도 괜찮겠습니까?"

정호의 물음에 답한 건 민봉팔이었다.

"아마 괜찮을 겁니다. 그래도 다른 부분보다 보컬 쪽은 실력이 올라온 연습생이 많으니까요."

정호가 잠시 고민하더니 말했다.

"그럼 안형건, 강도준, 석지현 연습생이 이번 프로젝트에 합류하면, 그룹명을 받은 다른 연습생을 옮기기보다는 채진명, 하정민 연습생을 그쪽 팀에 합류시키세요. 트레이닝 영상을 보니 실력이 많이 늘었던데."

이렇게 상황이 흘러가자 정민태는 황당하다는 생각마저 들었다.

'보고서 내용을 기억하는 것도 이해가 안 되는데 트레이닝 영상을 전부 찾아본다고……? 그게 사람으로 말이 되는 건가……?'

심지어 더 놀라운 것은 정호와 함께 일하는 민봉팔과 김 팀장이 이런 정호의 행동을 당연하게 받아들이고 있다는 사실이었다.

'도대체 뭘까…… 이런 게 청월의 저력인 걸까? 팀보다 위대한 개인은 없다더니 여기에 그런 개인이 있었구나…….'

결국 정민태는 궁금증을 참지 못하고 정호에게 물었다.

"보고서 내용은 그렇다고 치더라도 연습생들의 트레이닝 영상도 살펴보십니까?"

하지만 정민태의 질문에 정호가 오히려 이해가 안 된다는 듯 고개를 갸웃거렸다.

"힛 엔터테인먼트는 트레이닝 영상을 안 찍습니까? 보통 다른 소속사들도 다 찍는 것으로 알고 있는데요."

정민태가 고개를 재빠르게 가로저으며 대꾸했다.

"아니, 찍지요. 분명 찍습니다. 하지만 이렇게 트레이닝 영상까지 전부 확인해서 찾아보는 건 신인발굴팀에 준하는 직원들 역할 아닙니까?"

그제야 정호가 질문의 요지를 이해하며 답했다.

"아아. 저는 그냥 심심할 때 가끔 틀어서 봅니다. 연습생들의 실력이 느는 걸 보면 재미있더라고요."

정호의 대답에 정민태가 질렸다는 표정을 지었다.

한 시간 후, 보컬팀의 오디션이 끝나고 정호가 화장실을 간 사이.

기가 질린 채로 이해가 안 된다는 듯 앉아 있는 정민태에게 민봉팔이 다가왔다.

그러더니 정민태를 위로하듯 말했다.

"오 이사님을 이해하려고 하거나 따라하려고 하지 마세요. 그냥 두세요. 저 사람은 사람이 아니라 로봇이 맞거든요."

정민태가 패닉에서 헤어나지 못하는 동안, 청월의 보이그룹 멤버가 결정됐다.

'지킬 앤 하이드 프로젝트'에 합류하는 여섯 명은 다음과 같았다.

박태영(댄스), 안형건(보컬), 강도준(보컬), 석지현(보컬), 정윤찬(랩), 김연(랩)이었다.

'지킬 앤 하이드 프로젝트'의 한 축을 담당하는 보이 그룹 '지킬'이 그렇게 탄생하는 순간이었다.

힛 엔터테인먼트 쪽의 오디션까지 끝이 났다.

가수 부분의 남자 연습생 숫자는 청월보다 적었지만 확실히 힛 엔터테인먼트 쪽은 경쟁이 훨씬 치열했다.

그만큼 좋은 연습생이 많았다는 뜻이었다.

몇 팀의 공연을 보자마자 청월 인재개발팀의 김 팀장이 감탄하며 중얼거렸다.

"저희도 노력해야겠군요……. 이렇게나 연습생들의 수준이 높다니……."

속으로 놀라긴 정호도 마찬가지였다.

'확실히 실력이 전부 제대로 올라와 있군. 시간이 흘러

야만 채울 수 있는 부분이니 어쩔 수 없으려나……'

지금는 청월이 힛 엔터테인먼트보다 큰 소속사였지만, 불과 몇 년 전까지만 해도 힛 엔터테인먼트의 수준을 감히 넘볼 수 없을 정도로 청월은 한참 뒤쳐져 있었다.

그만큼 힛 엔터테인먼트는 오랫동안 일류 소속사의 지위를 유지하고 있었다.

게다가 연습생을 위한 시스템 또한 오래전부터 철저하게 갖추고 있었으니, 적은 숫자에도 불구하고 좋은 인재를 여럿 보유할 수 있었던 것이다.

하지만 그렇다고 해서 힛 엔터테인먼트의 모든 것이 청월보다 앞서는 것은 아니었다.

'연습생들의 표정이 좋지 않아……. 잦은 데뷔 실패의 여파인지 전체적으로 매너리즘에 빠진 듯한 인상을 주는군. 게다가 실력이 괜찮음에도 불구하고 이름을 처음 들어보는 연습생들이 많다.'

아직 청월의 연습생들은 힛 엔터테인먼트 연습생들의 실력에 미치지 못했지만 성장 가능성이 높은 연습생이 많았다.

쉽게 얘기하면 이전의 시간에서 정호가 이름을 기억하는 인물들이 다수 섞여 있다는 뜻이었다.

이건 전적으로 정호와 김 팀장이 부지런히 노력한 결과였다.

'아직은 성공 가능성이 낮아 보이지만 이전의 시간에서 성공한 연습생들을 김 팀장에게 미리 부탁하여 캐스팅했지.'

그런 까닭에 청월의 연습생들의 가능성이 더 높아질 수밖에 없었다.

반대로 정호와 같은 능력자가 없는 힛 엔터테인먼트에는 실력은 있지만 끼가 없거나 이미 연예인이 되는 것에 회의적인 연습생들이 많을 수밖에 없었다.

'그렇다 하더라도 당장 데뷔를 시켜도 이상하지 않을 연습생이 대충 꼽아도 열 명이 넘는군. 이거 프로젝트에 합류할 연습생을 선정하는 게 생각보다 쉽지는 않겠어.'

정호의 생각대로 청월과 힛 엔터테인먼트에서 세 명씩 구성된 심사위원의 고민은 길게 이어졌다.

그리고 회의를 거듭하여 지킬의 라이벌로 어울리는 인원을 고르고 골라 지킬 앤 하이드 프로젝트에 합류시켰다.

지킬과 라이벌 구도를 형성해야 하는 보이 그룹을 뽑는 만큼 밸런스를 생각하지 않을 수 없었기 때문이었다.

숫자도 지킬에 딱 맞는 6인조로 구성됐다.

인원을 모두 뽑아 놓고 정민태가 말했다.

"다 모아 놓고 보니 정말 지킬에 어울리는 팀이 됐군요. 하이드라는 그룹명이 무색하지 않습니다."

정민태의 말에 다른 심사위원들 모두가 고개를 끄덕여 동의했다.

확실히 지킬 앤 하이드의 하이드를 맡기에 딱 어울리는 멤버들이 한자리에 모여 있었다.

민봉팔이 말했다.

"가장 어려울 것으로 여겨졌던 오디션 과정이 이렇게 마무리되는군요. 일이 순조롭게 진행되는 만큼 여러모로 앞으로가 기대됩니다."

민봉팔의 말을 정민태가 받았다.

"전부 오 이사님의 덕분이지요. 청월의 오디션 현장에서는 꼼꼼하게 연습생들의 성장세를 챙기는 세심함에 놀랐다면, 힛 엔터테인먼의 오디션 현장에서는 처음 보는 연습생들의 장단점과 개인 사정까지 단번에 파악하고 예측하는 통찰력에 놀랐습니다."

정민태의 말에 정호가 대답 없이 웃어 보였다.

그럴 수밖에 없는 게 연습생들의 장단점과 개인 사정까지 단번에 파악하고 예측할 수 있었던 것은 이번 프로젝트에 합류한 하이드의 멤버들이 대부분 이전의 시간부터 알고 있었던 인물들이기 때문이었다.

'힛 엔터테인먼트에는 성공을 예측할 수 없는 실력자들이 많아서 걱정했는데 그래도 몇 명쯤 아는 얼굴이 있어서 다행이었지……'

이전의 시간을 살아봤다는 사실을 말할 수 없는 정호는 이런 생각을 하며 그저 웃어 보였다.

하지만 정민태를 비롯한 다른 심사위원들은 정호의 웃음을 겸손함으로 받아들이며 감명을 받았다.

'엄청난 능력을 가지고도 저런 태도라니…… 오 이사님은 정말 대단한 분이구나……'

특히 정민태를 이런 생각을 하며 정호에 대한 존경심을 키워 나갔다.

◇ ◆ ◇

오해로 인해 존경심을 키워 나가고 있는 것은 정민태만이 아니었다.

콘텐츠제작이사인 최승원 역시 정호와 작업을 하며 오해와 함께 존경심을 높이고 있었다.

협력업체와 함께 음반, 드라마, 영화 등의 콘텐츠를 기획하고 제작하는 데 힘쓰는 콘텐츠제작이사는 청월에 없는 직책이었다.

이에 해당하는 업무는 보통 기획이사인 정호가 처리하는 편이었다.

실무자는 청월의 기획팀 직원들이었지만.

'그러고 보면 힛 엔터테인먼트는 3인 이사 체제를 잘 갖추고 있는 것 같군. 봉팔이가 올라오면서 청월도 다시 2인 이사 체제가 되었지만 덩치에 비하면 조금 부족한 게 사실

이다. 이 부분을 대표님과 상의해서 해결해 봐야겠군.'

다행히 인재는 많았다.

특히 기획팀의 황 팀장이나 홍보팀의 권 팀장은 프롬 프로덕션 정 대표와 동기인 만큼 언제 이사직에 올라도 무리가 없는 인물들이었다.

또한 정호가 청월의 대표이던 시절에 영입했던 외부 인력들을 데려오는 것도 방법이었다.

어쨌든 정호가 이런 생각을 하고 있을 때였다.

음반 콘셉트 및 작곡가 선정을 위한 회의가 최승원을 중심으로 한창 진행되고 있었다.

회의실에는 양측 회사의 음반제작팀을 비롯한, 기획팀과 회사 소속 작곡가들이 모여 있는 상태였다.

최승원이 입을 열었다.

"콘셉트부터가 문제입니다. 지금까지 논의된 빛과 어둠이라는 콘셉트는 너무나도 올드합니다."

최승원의 말을 한유현이 받았다.

"작곡가 입장에서도 난감합니다. 지킬 앤 하이드라는 콘셉트로 무엇을 할지가 아직 명확하지 않아서 작업을 시작하기조차 힘들다고요."

물론 지금까지 빛과 어둠이라는 콘셉트만이 나온 것은 아니었다.

다양한 콘셉트가 있었고 그중에는 분명 세련미가 넘치는

콘셉트들도 존재했다.

하지만 모든 콘셉트가 결국 이분법적인 사고에서 벗어나지 못했다.

다름 아닌 '지킬 앤 하이드'의 원작이 강력한 힘을 발휘했기 때문이었다.

결국 청월 기획팀 팀장인 권 팀장이 어쩔 수 없다는 듯 발언했다.

"원래 게임이 막히면 공략집을 보는 법이죠. 자, 함께 프로젝트를 발의한 오 이사님의 의견을 들어볼까요?"

그때까지도 청월의 회사 구조를 어떻게 바꾸면 좋을지 혼자 고민하고 있던 정호가 권 팀장의 말을 듣고 생각에서 깨어났다.

그러고는 순식간에 상황을 파악한 정호가 말했다.

"아아, 프로젝트의 콘셉트 말이군요. 제안서에도 적었지만 핵심은 메타적 구성과 라이벌 구도입니다. 이 두 가지를 충족하기만 한다면 모든 것이 쉽게 풀릴 수 있지요. 그전에 최 이사님에게 물어보고 싶군요. 하이드가 제일 잘 소화할 수 있는 콘셉트가 뭐라고 생각합니까?"

갑작스럽게 질문을 돌려받은 최승원이었지만 유능한 인재답게 쉽게 대답을 내놓았다.

"음…… 하이드가 제일 잘 소화할 수 있는 콘셉트라면 역시…… 힙합이겠지요."

적절한 대답이었다.

굳이 따지자면 힙합은 콘셉트라기보다는 장르였고 힙합 안에서도 다양한 콘셉트가 파생될 수 있었지만 힙합이라는 큰 줄기에서 하이드라는 그룹을 엮어낼 필요가 있었다.

정호가 고개를 끄덕이며 말했다.

"그렇습니다. 하이드가 제일 잘 소화할 수 있는 콘셉트는 힙합이지요. 하지만 그건 청월의 지킬도 마찬가지입니다. 지킬도 힙합을 가장 잘하는 그룹이지요. 최근 트랜드의 보이 그룹처럼 말이죠. 그럼 이제 생각해 봅시다. 같은 걸 잘하는 두 그룹이 라이벌 구도를 형성하려면 어떻게 해야 할까요?"

정호의 말에 최승원을 포함한 눈치 빠른 사람들이 뭔가를 깨달은 듯 아, 하고 감탄사를 내뱉었다.

정호가 웃으며 말을 이었다.

"바로 그겁니다. 그냥 같은 걸 하면 되죠."

하지만 이 정도로는 명확한 콘셉트가 잡히진 않았다.

앞서 말했듯이 힙합에도 여러 줄기의 콘셉트가 존재하기 마련이었기 때문이었다.

최승원이 뭔가 단서를 잡을 듯 말 듯 한 얼굴로 물었다.

"그게 뭘까요? 두 보이 그룹이 같이 할 수 있는 바로 그것 말입니다."

정호가 대답했다.

"제가 생각한 것은 같은 가수의 다른 두 곡을 지킬과 하이드가 각각 리메이크하여 타이틀곡으로 삼는 겁니다."

정호의 말을 듣는 순간, 최승원은 무릎을 칠 수밖에 없었다.

도저히 자신으로서는 생각해 본 적 없는 접근 방식이었기 때문이었다.

최승원이 속으로 생각했다.

'이런 가르침을 주기 위해서 회의 내내 말을 아끼신 건가…….'

물론 정호는 딴생각을 하느라 말을 하지 않았던 것뿐이었다.

◇ ◆ ◇

콘셉트의 방향이 정해지자 나머지는 쉬웠다.

이곳에 모인 사람들 중에는 유능하지 않은 사람이 없었다.

그렇기 때문에 세부 사항이 순식간에 협의되기 시작했다.

청월의 보이 그룹 지킬과 힛 엔터테인먼트의 보이 그룹 하이드는 90년대를 풍미했던 최고의 가수 '서태진과 아이들'의 노래를 리메이크하기로 했다.

지킬이 〈당신에게〉라는 곡을, 하이드가 〈홈커밍〉이라는 곡을 맡았다.

두 곡의 작곡가도 빠르게 선정됐다.

라이벌 구도를 살리기 위해 〈당신에게〉를 힛 엔터테인먼트의 작곡가가 작곡하고, 〈홈커밍〉을 한유현이 작곡하기로 했다.

서로의 곡을 상대 회사의 작곡가가 작곡하는 방식이었던 것이다.

한유현의 능력을 알고 있는 청월의 직원들이 약간의 우려를 표했지만 정호는 걱정하지 않았다.

'유현 씨가 리메이크하는 〈당신에게〉도 듣고 싶지만 힛 엔터테인먼트의 작곡가 더블클릭이 작곡하는 〈당신에게〉도 꽤나 훌륭할 것이다.'

더블클릭은 최근 리메이크 작업으로 명성을 떨친 작곡가였다.

이번 시간에는 인연이 닿지 않았지만 이전의 시간에서는 정호와도 어느 정도 친분이 있는 작곡가이기도 했다.

'리메이크 하나로 롱런을 했지. 자신만의 분야를 개척한 독특한 인물이다.'

어쨌든 그렇게 곡 작업이 시작됐다.

얼마 후, 곡이 나왔고 양측 회사의 보이 그룹은 안무 연습에도 들어갔다.

이제 슬슬 마케팅을 위한 전략이 필요할 때였다.

마케팅 전략을 짜기 위해서 정호는 강철두와 함께 회의를 주최했다.

힛 엔터테인먼트에서 열린 이번 회의에는 많은 사람들이 미리 회의 장소에 모여 있었다.

양측의 기획팀과 홍보팀이 모인 것은 기본이었고 음반제작팀과 신인발굴팀, 인재개발팀도 함께했다.

또한 양측 회사의 핵심이라고 할 수 있는 이사들도 전부 모인 상황이었다.

강철두가 지정된 자리에 앉으며 생각했다.

'이거 기대되는걸?'

실무자들의 업무에 반해 이사들의 업무가 철저하게 분업된 힛 엔터테인먼트의 기획이사인 강철두는 지금껏 정호의 능력을 간접적으로만 체험했다.

직접 체험하고 싶었지만 도무지 기회가 나지 않았다.

'승원이랑 민태가 시도 때도 없이 칭찬한 오 이사님의 능력을 드디어 직접 볼 수 있는 건가?'

강철두는 기대감 속에서 회의를 기다렸다.

하지만 잠시 후 시작된 회의에서 정호의 발언은 강철두의 기대와 달리 시작부터 굉장히 뜬금없었다.

"먼저 질문부터 하겠습니다. 여러분들은 직장 상사가 무슨 말을 할 때 가장 기분이 나쁩니까?"

매니지먼트 제왕

10장. 데뷔 전 흥행

정호의 질문을 듣고 회의실에 모인 인원들이 당황했다.

그럴 수밖에 없는 게 아무리 양측 회사의 분위기가 자유로운 편이라지만 이 회의실에는 상사가 함께 있었기 때문이었다.

특히 힛 엔터테인먼트는 청월보다 회사 분위기가 경직된 편이었다.

그래서 그런지 힛 엔터테인먼트 직원들의 표정은 굉장히 딱딱하게 굳어 있었다.

그렇게 회의실 분위기가 싸해져 가고 있을 때 입을 연 사람은 다름 아닌 민봉팔이었다.

"기분이 나쁜 정도까지는 아니지만…… 저는 저의 상사가 상의도 없이 갑작스러운 질문을 할 때가 당황스럽긴 하더군요."

민봉팔의 말에 침묵을 유지하고 있던 사람들이 참지 못하고 웃음을 터트렸다.

정호가 민봉팔의 말에 대꾸했다.

"민 이사님, 저희는 이제 같은 직급인데요? 지금 말하는 사람은 대표님인 거죠?"

민봉팔이 깜짝 놀랐다는 듯 자신의 무릎을 치더니 말했다.

"아, 제가 승진을 했습니까? 잠시 잊었네요. 그럼 방금 했던 말은 없던 것으로 하겠습니다."

민봉팔의 너스레에 다시 한 번 사람들이 웃었고 자연스럽게 분위기가 풀렸다.

정호가 이 분위기를 이용해 말을 꺼냈다.

"민 이사님의 고견은 잘 기억하겠습니다. 사실 제가 이런 질문을 한 것은 여러분들을 긴장시키기 위함이 아닙니다. 지킬 앤 하이드 프로젝트의 마케팅 전략을 짜기 위함입니다."

정호의 말에 오늘을 손꼽아 기다려왔다고 해도 과언이 아닐 강철두가 입을 열어 물었다.

의아함이 가득 담긴 어조였다.

"마케팅 전략이요? 그게 상사에 관한 불만과 무슨 관계죠?"

정호가 대꾸했다.

"아직은 관계가 없죠. 하지만 관계가 생길 겁니다. 제가 생각하고 있는 마케팅 전략이 바로 캐릭터 전략이거든요."

강철두를 비롯한 최승원과 정민태가 뭔가를 깨달은 듯 아, 하고 감탄사를 냈다.

힛 엔터테인먼트의 3인방이라는 별명에 어울리는 눈치였다.

하지만 정호의 말에서 어떤 힌트를 얻은 것은 이 세 사람만이 아니었다.

힌트를 얻었을 뿐만이 아니라 어느 정도 생각까지 정리한 민봉팔이 발언했다.

"메타적 구성의 캐릭터 전략을 전면에 내세울 생각이시군요."

힛 엔터테인먼트의 3인방보다 한발 빠른 통찰력이었다.

정호는 민봉팔의 통찰력에 만족하며 미소를 띠었다.

그러고는 대답했다.

"맞습니다. 메타적 구성의 캐릭터. 이 캐릭터성이 마케팅의 시작이자, 끝이 될 것입니다."

◇ ◆ ◇

지킬과 하이드의 데뷔 준비가 한창일 때였다.

청월과 힛 엔터테인먼트에서는 각각 공식 홈페이지를 통해 신인 보이 그룹의 데뷔를 대대적으로 예고했다.

또한 몇몇 언론사에서 두 그룹의 데뷔 소식을 기사로 다뤘다.

자연스럽게 보이 그룹 팬들의 커뮤니티에서는 두 신인 그룹의 데뷔에 관한 소문이 돌았다.

[님들, 그 소식 들었음?ㅋㅋㅋ 지킬?ㅋㅋㅋㅋ]

[지킬만 들었나요?ㅋㅋㅋ 하이드도 있는데ㅋㅋㅋㅋㅋㅋㅋ]

[드디어 아라 엔터테인먼와 큐 엔터테인먼트에 이어서 힛 엔터테인먼트가 청월에 도전장을 내나요?ㄷㄷㄷ]

[ㅋㅋㅋㅋ어차피 승리는 청월ㅋㅋㅋㅋㅋ]

[근데 이건 좀 모르는 거임ㅋㅋㅋ 걸 그룹이나 드라마, 영화와는 달리 청월은 보이 그룹이 너무 약함ㅋㅋㅋ]

[ㅇㅇ이상할 정도로 약하지ㅋㅋㅋㅋ]

[청월에 보이 그룹이 있긴 함?ㅋㅋㅋㅋ]

[타이탄 팬들은 그저 웃지요…….]

[타이탄 인지도가 그렇게 낮냐?ㅋㅋㅋ 그건 아니지 않냐?ㅋㅋㅋㅋ]

[솔직히 타이탄은 꽤 인기가 있는 편임ㅋㅋㅋ 음악 방송

1위도 적지 않게 해봤고ㅋㅋㅋㅋ 다만 밀키웨이에 비할 바가 아니라는 거임ㅋㅋㅋㅋ]

[밀키웨이라니 웬 말이냐ㅋㅋㅋㅋㅋ 타이탄은 다른 3대 소속사에 비해도 많이 딸린다ㅋㅋㅋㅋ]

[특히 힛 엔터테인먼트 보이 그룹 계보에 비하면 완전 심각하지ㅋㅋㅋㅋ]

[그러면 다들 하이드에 지킬이 발릴 거라고 생각하는 거야?ㅋㅋㅋ 나는 꽤 괜찮을 것 같던데?ㅋㅋㅋ]

[이번에 지킬 멤버들 괜찮음ㅋㅋㅋㅋ 내가 박태영, 강도준은 연습생 때부터 열심히 쫓아다녔음ㅋㅋㅋㅋ]

[다른 멤버들도 이미 유명하지ㅋㅋㅋ 석지현 같은 애들은 아역 배우 출신이라 팬층이 벌써 탄탄하고ㅋㅋㅋㅋㅋ]

[근데 지킬이랑 하이드는 너무 노골적인 거 아니야?ㅋㅋㅋ 이건 뭔가 수상한데?ㅋㅋㅋ]

[여기 말고 다른 곳에서는 그 얘기 한참 전에 나와서 지금 계속 싸우는 중ㅋㅋㅋㅋㅋ]

[왜 싸워? 지킬이 낫다? 하이드가 낫다?]

[아니ㅋㅋㅋㅋ 이건 두 회사가 짠 거다ㅋㅋㅋ 아니다, 이건 두 회사가 대놓고 싸우는 거다ㅋㅋㅋ]

[청월이랑 힛 엔터테인먼트가 같이 짠 거라고?ㅋㅋㅋㅋㅋㅋ 둘이 뭐 있음?ㅋㅋㅋㅋ]

[이슈가 되진 않았지만 두 회사가 협력을 약속했다는

소문이 있었음ㅋㅋㅋㅋ 해당 기사를 봤다는 사람들이 있는데 아쉽게도 기사는 삭제된 상태ㅋㅋㅋㅋ 팩트 체크 불가ㅋㅋㅋ]

[오보라서 삭제된 거겠네ㅋㅋㅋㅋ 뭐 하러 청월이 힛 엔터테인먼트랑 협력하냐?ㅋㅋㅋㅋ]

[확실히 3대 소속사가 힘을 합쳐서 청월을 공격한 게 엊그제인데 그럴 수 없을 거 같음ㅇㅇ]

[나도 저 기사 봤어ㅋㅋㅋ 지금은 삭제됐지만 기사에 두 회사 대표가 악수하는 사진도 올라왔었어ㅋㅋㅋㅋ]

[그게 말이 되냐ㅋㅋㅋㅋㅋ 팩트 체크 못 하면 조용히 해ㅋㅋㅋㅋ]

지킬과 하이드의 데뷔 소식은 정호가 당초 예상한 것보다 큰 화제를 불러일으켰다.

정호가 속으로 생각했다.

'보이 그룹의 팬들이 지킬과 하이드의 데뷔 사실만을 알아도 다행이라고 생각했는데 이렇게나 화제가 되고 있다니…… 예상치 못한 마케팅 효과다.'

정호의 입장에서는 호재였다.

데뷔를 인지하는 것만으로도 만족할 만한데, 확실한 홍보까지 되고 있는 셈이기 때문이었다.

'3대 소속사와의 대결 구도가 낳은 효과로군. 내 생각보다 사람들이 양 세력의 대결 구도에 큰 관심이 가지고 있는

모양이야.'

정호의 생각대로였다.

3대 소속사와의 대결이 장기화되면서 수면 아래에서 펼쳐지던 견제의 흐름은 몇 번이나 수면 밖으로 튀어나와야 했다.

그러면서 많은 사람들이 양 세력의 대결을 목격할 수밖에 없었다.

이때 '지킬 앤 하이드'를 연상할 수밖에 없는 두 보이 그룹이 양측 회사에서 등장했으니 화제에 오르는 건 어찌 보면 당연한 일이었다.

'어쨌든 좋은 일이다. 다음에 벌어질 일이 더 기대가 될 만큼.'

◇ ◆ ◇

'두 회사가 짠 거다. 아니다, 두 회사가 대놓고 싸우는 거다'를 두고 갑론을박이 꽤 오랫동안 지속됐다.

이 두 가지 사실에 대한 객관적 분석을 시도하는 기사가 나오기도 했고 청월과 힛 엔터테인먼트에게 사실을 해명해 달라는 요청도 들어왔다.

하지만 어떤 일이 벌어지더라도 청월과 힛 엔터테인먼트는 침묵했다.

그렇게 논쟁이 뜨거워질 때쯤이었다.

정호는 미리 계획한 대로 한 가지 소식을 청월의 공식 홈페이지에 게재했다.

그것은 바로 청월 자체적으로 실시한 지킬 멤버들의 인터뷰였다.

이 인터뷰에는 지킬의 콘셉트와 추구하는 음악 등에 대한 내용이 자세히 담겨 있었다.

뿐만 아니라 결정적으로 하이드를 공격하는 뉘앙스가 잔뜩 담겨 있었다.

―지킬과 비슷한 시기에 데뷔하는 보이 그룹들이 많다. 특히 이름에서 유사성을 찾아볼 수 있는 보이 그룹도 끼어 있는데 이 부분에 대해서 어떻게 생각하나?

―안형건: 신경 쓰지 않는다. 지킬은 지킬일 뿐이다. 뒤에 숨겨져 있는 것은 아무것도 없고 우린 우리의 방식으로 나아갈 생각이다.

―뒤에 숨겨져 있다니 그게 정확히 무슨 말인가?

―강도준: 형건이 형이 조금 헷갈리게 발언한 거 같다. 특별히 다른 뜻은 없다. 그냥 우리가 반쪽짜리가 아니라는 걸 설명하고 싶었던 거다.

―음…… 뭔가 좀 이상하지만 그냥 그렇게 넘어가겠다. 그럼 함께 데뷔하는 다른 보이 그룹들에게 던지고 싶은 메시지 같은 건 없나?

—김연: 조금 건방지게 들릴 수도 있겠지만 자신감을 가지고 한마디 하고 싶다. 한판 붙고 싶다면 숨어 있지 말고 밖으로 나와!

이 인터뷰를 본 팬들은 난리가 났다.

이건 누가 봐도 하이드에 대한 명백한 도발이기 때문이었다.

팬들은 보이 그룹 시장에서 약세를 보였던 청월이 이번에 칼을 갈았다고 생각했다.

그에 따라 이와 관련된 주제로 하루 종일 온라인상이 시끄러웠다.

지킬이 응원한다거나 지킬의 발언이 과했다는 등의 의견이 계속 올라왔다.

하지만 이게 끝이 아니었다.

다음 날, 힛 엔터테인먼트가 맞불을 놓듯 공식 홈페이지에 하이드의 인터뷰를 게재한 것이다.

내용은 비슷했다.

자신이 진짜인 줄 아는 보이 그룹을 진정한 본질의 이름으로 처단하겠다는 식의 인터뷰였다.

당연히 팬들은 다시 한 번 떠들썩해졌다.

여론도 전체적으로 '두 회사가 짠 거다'라는 것보다는 '두 회사가 대놓고 싸우는 거다'라는 쪽으로 기울었다.

두 회사가 고도의 전략을 펼치는 거라는 소수의 의견도

있었지만 워낙 인터뷰의 파급력이 컸기 때문에 소수의 의견은 묻혀 버렸다.

그렇게 팬들은 아직 데뷔조차 하지 않은 지킬과 하이드가 데뷔 후 어떤 모습으로 라이벌 구도를 형성할지 벌써부터 설레발을 치기 시작했다.

두 보이 그룹의 라이벌 구도가 만들어낸 2차적인 효과였다.

특히 멤버들의 개인 SNS에서 사진을 가져와 이미지로 대결 구도를 만드는 것이 일종의 놀이가 되었다.

양쪽 보이 그룹의 멤버수도 정확히 여섯으로 동일했기 때문에 이런 놀이를 하기에 너무나도 간편했다.

청월과 힛 엔터테인먼트의 빅매치 구도가 그렇게 굳어질 때였다.

지킬의 리더, 안형건이 개인 SNS에 이런 글을 게시했다.

[아, 어제 하이드 애들이랑 같이 연습을 했는데 너무 재밌었다ㅋㅋㅋㅋ 회사가 우릴 자꾸 라이벌로 만들려고 하지만 사실 우리는 이렇게나 친하다!ㅋㅋㅋ 근데 얘들아, 우리가 너희보다 나은 거 알지?ㅋㅋㅋ 그러니깐 까불지 말고 어서 데뷔 날짜 미뤄!ㅋㅋㅋ]

◇ ◆ ◇

강철두는 온라인상으로 올라오는 사람들의 반응을 살피며 속으로 감탄했다.

'하……! 데뷔도 하기 전에 이런 반응이라니……!'

처음 정호가 회의실에서 뜬금없는 질문을 할 때만 해도 정호의 전략이 이렇게 잘 통할 줄은 전혀 몰랐다.

'회사에서는 계속 싸움을 붙이고 당사자들은 회사의 싸움을 폭로하는 방식이라니……. 이런 게 사람들에게 재미를 줄지 상상도 하지 못했다…….'

두 보이 그룹의 데뷔 소식을 전할 때부터 시작된 이 화제는 폭주기관차와 같았다.

처음에는 '두 회사가 짠 거다. 아니다, 두 회사가 대놓고 싸우는 거다'를 두고 갑론을박을 벌이던 팬들이 인터뷰가 공식 홈페이지에 게시된 후로는 '두 회사가 대놓고 싸우는 거다'에 초점이 맞춰져 화제가 되었다.

그러더니 안형건의 개인 SNS에 게시물이 올라오며 '두 회사가 짠 거다. 아니다, 두 회사가 대놓고 싸우는 거다' 사이에서 팬들은 다시 혼란에 빠졌다.

그때 다시 공식 홈페이지에 양측 보이 그룹이 서로를 저격하는 글이 올라왔고 이렇게 되자 팬들은 깨달았다.

이게 두 회사가 짜고 벌이는 판이라는 것을.

'하지만 진짜 재밌는 건 이후의 일이었지. 짜고 벌이는 판이라는 걸 알게 되자 순식간에 싸움이 어떻게 진행될지 지켜보자는 식으로 변했으니깐.'

양측 회사는 계속해서 공식 홈페이지에 글이나 사진, 동영상 등을 게재하며 싸움을 부추겼다.

인신공격도 서슴지 않는 모습이었고 그것은 마치 정도를 지나치는 싸움으로 불길이 커지는 듯한 인상을 주었다.

하지만 지킬과 하이드의 멤버들은 개인 SNS로 이 싸움이 회사들이 짜고 벌이는 판이라는 걸 끊임없이 밝혔고 회사들의 싸움이 지겹다고 호소했다.

그러자 팬들은 이게 놀이라는 걸 완벽하게 받아들였다.

심지어 지킬과 하이드의 편에 서서 같이 양측 회사를 욕하기 시작했다.

'그렇게 이 일은 지금껏 팬들이 체험하지 못한 엄청난 놀이가 된 거지. 결국 뜬금없다고 생각됐던 회의 때의 질문은 이걸 노린 거였어. 승원이와 민태가 놀랐던 오 이사님의 능력이 이거구나.'

강철두는 진심으로 감탄했다.

그럴 수밖에 없었다.

아무도 생각하지 못한 전략으로 정호는 지킬과 하이드를 벌써 최고의 화제 그룹으로 만들어 버렸으니깐.

강철두는 속으로 이렇게 생각하며 안심했다.

'이런 사람과 같은 편이라는 게 너무나도 다행이다……'

동시에 새로운 기대감이 솟아오르는 걸 느꼈다.

저절로 '이 정도로 화제를 일으켰다면 데뷔 후에는 어떤 일이 벌어질까?' 라는 생각이 들었던 것이다.

정말 궁금했다.

어떤 일이 벌어질지.

지킬과 하이드의 데뷔가 일주일 남은 상황.

정호의 새로운 추종자가 지킬과 하이드의 데뷔를 기대하고 있었다.

지킬과 하이드는 모두 데뷔 무대에서부터 강렬한 인상을 남기는 데 성공했다.

먼저 서태진과 아이들의 〈당신에게〉를 댄스곡으로 리메이크한 '지킬'은 진중하면서도 절제감 있는 퍼포먼스를 선보였다.

특히 보컬이 셋이나 되는 그룹인 만큼 노래 쪽에서 굉장한 강세를 보였고 이것이 킬링포인트로 작용했다.

지킬의 데뷔 무대를 다시금 찾아보던 정호가 생각했다.

'지킬의 〈당신에게〉는 댄스곡이지만 빠르지 않다. 느린

템포로 노래와 춤을 녹여내고 있지. 이것이 보는 사람으로 하여금 진정성을 자아낸다.'

지킬의 무대는 눈과 귀를 거치는 동시에 심장으로 도착한다고 할 수 있었다.

그만큼 마음을 움직이는 힘이 존재했다.

뿐만 아니라 〈당신에게〉의 핵심이라고 할 수 있는, 누군가를 간절히 사랑하기 때문에 생기는 가슴속의 두려움을 노래와 춤으로 완벽하게 소화하는 것이 일품이었다.

이에 반해 서태진과 아이들의 〈홈커밍〉을 리메이크한 '하이드'는 〈홈커밍〉 특유의 반항심을 훌륭하게 표현해 냈다.

단순히 반항을 표현하는 데 그친 것이 아니라 가사를 덧붙여 반항의 이유를 면밀히 설명하기 위해 노력했다.

그리고 이게 〈홈커밍〉의 핵심적인 요소가 되었다.

어느새 지킬의 데뷔 무대 영상을 다 보고 하이드의 데뷔 무대 영상을 확인하던 정호가 속으로 생각을 정리했다.

'지킬은 보컬이 셋이지만 하이드는 랩 담당이 셋이지. 그만큼 더 많은 가사를 빠르고 정확하게 전달할 수 있다는 뜻이다. 그리고 이러한 특징을 잘 이용해서 사람들에게 통렬함을 선사하고 있어.'

지킬의 키워드가 진정성이라면 하이드의 키워드는 통렬함이었다.

하이드는 반항의 이유를 확실히 밝힘으로써 억압된 현실을 살아가는 많은 이들의 마음을 시원하게 뚫어줬다.

서태진과 아이들의 〈홈커밍〉이 10대를 위한 곡이었다면 하이드의 〈홈커밍〉은 억압된 현실을 살아가는 모두의 곡이 된 셈이었다.

'결과적으로 지킬과 하이드는 무사히 데뷔했다. 반응이 벌써부터 상당하군. 같은 주, 다른 방송국에서 데뷔한 두 그룹의 라이벌 구도도 확실하고.'

지킬과 하이드는 성공적인 데뷔를 한 지금도 열심히 서로에게 강도 높은 비난을 하고 있었다.

특히 방송을 시작하고 나서부터는 방송에서도 은근히 서로를 공격하는 일이 생겨났다.

다소 딱딱한 인터뷰를 진행하는 방송일수록 이와 같은 일들이 자주 벌어졌다.

심지어 말이나 글로만 서로를 비난하는 게 아니었다.

최근 데뷔 무대 후, 지킬과 하이드는 유명 잡지사의 요청으로 각기 다른 화보를 찍었는데 최근 그 화보가 굉장한 이슈를 불러일으켰다.

두 보이 그룹이 찍은 사진 속에는 서로를 비난의 의도가 다분히 드러나는 이미지가 만연했기 때문이었다.

먼저 지킬은 '집'이라는 요소를 활용하여 하이드를 저격했다.

지킬의 화보 속에는 반드시 통나무집이 등장했는데, 지킬의 멤버들은 항상 이 통나무집을 등지거나 박차는 모습으로 사진을 찍었다.

뿐만 아니라 멤버 중 하나가 집에 불을 붙이는 사진도 있었다.

하이드의 〈홈커밍〉을 공격하는 이미지였던 것이다.

반대로 하이드는 '편지'라는 요소를 활용했다.

하이드의 화보 속에는 당신에게라는 문구가 적혀 있는 편지지가 꼭 등장했는데, 이 편지지를 쓰레기통에 버리거나 찢는 사진이 많았고 심지어 편지지를 바다에 던지는 사진이 잡지에 실리기도 했다.

명백하게 지킬의 〈당신에게〉를 염두에 둔 사진 촬영이었다.

물론 이 두 보이 그룹의 화보 촬영조차도 정호가 기획한 전략이었다.

'사진을 통한 비판 같은 것은 관심을 가진다면 쉽게 알아챌 수 있지만 관심이 없다면 절대로 알아챌 수 없는 것이지. 팬들에게 이런 요소를 찾을 수 있도록 하는 게 중요해. 그럴 때 이 모든 요소를 즐거운 놀이라고 생각하게 될 테니깐.'

정호의 생각대로였다.

실제로 팬들은 이 모든 것을 하나의 놀이로 받아들이고 있었다.

지킬과 하이드의 데뷔곡이나 데뷔 무대를 같이 두고 비교하면서도 둘의 라이벌 구도가 회사의 전략이라는 것을 잊지 않았다.

예를 들면 이런 식이었다.

[지킬이 데뷔를 했습니다!ㅎㅎ 그건 다시 말해서 우리 하이드가 곧 데뷔를 한다는 뜻이겠지요?ㅎㅎㅎ]

[뭐야ㅋㅋ 왜 여기서 그래?ㅋㅋㅋㅋ 지킬 팬인 줄 알고 착각했잖아ㅋㅋㅋㅋ]

[지킬 팬이면 어떻고 하이드 팬이면 어떠랴ㅋㅋㅋ 모두 회사가 만든 허상일 뿐인데ㅋㅋㅋㅋ]

[근데 지킬 진짜 잘하더라ㅋㅋㅋ 근래 데뷔한 애들 중에는 제일 나은 듯ㅋㅋㅋㅋ]

[ㅇㅇ확실히 좋았음]

[지킬의 무대 퀄리티를 보며 알 수 있었다ㅋㅋㅋ 하이드의 무대도 좋을 거라는 걸ㅋㅋㅋㅋ 하이드에 입덕하길 잘했다ㅋㅋㅋㅋ]

[저기요ㅋㅋㅋ 여기 지킬 게시판이에요ㅋㅋㅋ 아무리 가짜 라이벌이지만 이렇게 하이드 얘기만 하시는 거 불편합니다ㅋㅋㅋㅋㅋㅋ]

또한 두 보이 그룹의 화보 사진을 긁어와 팬들이 대화를 나누는 방식도 평범하지 않았다.

[사진 열심히 찍었네?ㅋㅋㅋㅋㅋ 라이벌 구도가 잘 살아

나는걸?ㅋㅋㅋㅋ]

[지킬이랑 하이드 열일하네요ㅋㅋㅋㅋㅋ]

[청월, 힛 엔터테인먼트: 열심히 서로를 비난하고 욕해라! 그게 너희가 살아남는 방법이다!]

[안형건: 저는 욕하기 싫은데요?ㅠㅠㅠ]

[저번 주에 무대에서 막 춤으로 서로 디스하는 것도 웃겼는데ㅋㅋㅋㅋ 이건 더 웃기네요ㅋㅋㅋㅋㅋ 뭐지?ㅋㅋ 추상화인가?ㅋㅋㅋㅋ]

[ㅋㅋㅋㅋ이 화보들 가지고 어떤 진지한 팬이 라이벌 구도의 상징적 의미에 대해서 분석한 거 봤는데ㅋㅋㅋ 그게 역작입니다ㅋㅋㅋ 다들 꼭 보세요ㅋㅋㅋㅋ]

[ㄴ링크 좀ㅋㅋㅋㅋ]

[에휴ㅋㅋㅋ 지킬이랑 하이드 애들이 무슨 죄겠냐ㅋㅋㅋ]

[근데 사진 퀄리티는 좋다ㅋㅋㅋㅋ 콘셉트는 개그지만ㅋㅋㅋㅋ]

[아ㅋㅋㅋㅋ 두 팀이 방송 한번 같이 나왔으면 좋겠다ㅋㅋㅋㅋ 개웃길 듯ㅋㅋㅋㅋ]

[조만간 나오지 않을까?ㅋㅋㅋ 대쉬맨 같은 데 나와서 막 팀 나눠서 대결하고 그럴 듯ㅋㅋㅋㅋ]

[둘 다 의욕은 엄청 없겠네ㅋㅋㅋㅋ]

[ㅋㅋㅋㅋㅋㅋ그나마 무대에서 의욕 없는 게 아니라서 천만다행ㅋㅋㅋㅋ]

이런 식으로 팬들은 지킬과 하이드가 약간의 행동만 보여도 반응을 했다.

그러고는 그걸 놀이를 승화시켰다.

지킬의 멤버가 평범하게 걷는 걸 보며 하이드 멤버들의 춤 동작을 조롱하고 있다는 말도 안 되는 분석이 나올 정도였다.

하지만 이런 분석이 쏟아져도 지킬과 하이드의 팬들은 진지하게 싸우지 않았다.

장난식으로 티격태격하는 경우는 있었지만 오히려 지킬의 팬들은 하이드를 응원하고 하이드의 팬들은 지킬의 팬들을 응원한다고 봐야 했다.

그건 청월과 힛 엔터테인먼트의 전략에 놀아나지 않고 두 보이 그룹을 모두 응원하겠다는 심리였다.

하지만 정작 이것이 청월과 힛 엔터테인먼트의 전략이라는 걸 팬들은 모르고 있었다.

정호가 고개를 끄덕이며 생각했다.

'덕분에 팬덤이 확대되는 속도가 두 배가 되었군. 특히 놀이가 보이 그룹을 선호하지 않는 사람들에게까지 번지면서 더 긍정적인 효과를 내고 있다.'

확실히 지킬 앤 하이드의 프로젝트는 순조로웠다.

◇ ◆ ◇

지킬과 하이드가 데뷔 무대를 가진 지 한 달이 지났다.

그동안 두 보이 그룹은 열띤 경쟁을 벌였다.

인터뷰나 화보 등을 넘어서 라이벌 구도를 무대로 옮겨 와 공연이 하나 끝날 때마다 지킬과 하이드는 퍼포먼스로 서로를 저격했다.

물론 이것은 모두 두 보이 그룹만의 표면적인 경쟁일 뿐 이었다.

팬들은 이 라이벌 구도가 콘셉트라는 걸 알았기 때문에 이러한 무대를 그저 하나의 재미로 즐겼다.

어쨌든 독특한 방식으로 지킬과 하이드는 언제나 화제의 중심이 됐고 보이 그룹 팬들의 시선을 한 몸에 받았다.

일부러 이름이 알려지지 않은 아이돌 그룹을 찾아 입덕 을 하는 마니아틱한 성향의 팬이 아니라면 지킬과 하이드 의 팬이 되는 게 정해진 수순처럼 여겨질 정도였다.

그리고 이런 흐름에 힘입어 지킬과 하이드는 음악 방송 과 음원 차트를 석권하기 시작했다.

하지만 지킬과 하이드가 음악 방송과 음원 차트를 석권 하는 방식은 두 보이 그룹의 콘셉트만큼이나 평범하지 않 았다.

정호가 속으로 놀라며 생각했다.

'허……. 이런 식의 결과가 이렇게 나오다니…….'

놀랄 수밖에 없는 상황이었다.

그것은 바로 지킬과 하이드가 마치 짠 것처럼 한 주씩 나눠서 음악 방송과 음원 차트의 1위 자리를 차지했기 때문이었다.

우연히 한 번 그렇게 된 것이 아니었다.

지킬과 하이드는 수차례 번갈아가면서 음악 방송과 음원 차트의 1위 자리를 양분했다.

지킬이 그 주의 음악 방송에서 1위 자리를 휩쓸면, 하이드가 그 주의 음원 차트의 1위를 독차지하는 식이었다.

정호와 함께 흘러가는 분위기를 파악하고 있던 민봉팔이 중얼거렸다.

"이렇게 딱딱 떨어질 수 있나……? 이게 가능한 거야……?"

정호도 같은 의문이 들었다.

연예계에서 웬만한 산전수전을 다 겪은 정호조차도 도무지 이런 게 가능할 거라고 생각해 보지 못했던 것이다.

다행히 의문에 대한 답을 가진 사람이 있었다.

다름 아닌 홍보팀의 권 팀장이었다.

"호호호. 그건 최근 지킬과 하이드의 팬들이 벌이고 있는 운동 때문이에요."

권 팀장의 말에 정호가 의문을 표했다.

그러자 권 팀장이 자신의 노트북을 정호에게 건넸다.

노트북은 한 커뮤니티에서 진행되고 있는 프로젝트 하나를 비추고 있었다.

프로젝트명은 놀랍게도 '지킬 앤 하이드 프로젝트' 였다.

정호가 잠시 말문을 잃은 사이 민봉팔이 물었다.

"어…… 이게 뭐죠?"

권 팀장이 웃으며 답했다.

"최근 지킬과 하이드 팬들이 힘을 합쳐서 벌이고 있는 운동이에요. 청월과 힛 엔터테인먼트의 전략에 휩쓸리지 말고 지킬과 하이드를 지키자는 사명을 띠고 있죠. 예상을 했겠지만 골자는 자신들의 구매 파워를 이용해 지킬과 하이드가 음원 수익을 한 주씩 유지할 수 있도록 돕는 겁니다. 그런데 프로젝트명이 뭔가 익숙하죠? 후훗."

권 팀장의 애기를 듣고 나니 상황이 정리됐다.

'팬들이 음원 차트 순위를 조절하고 있었구나!'

지킬과 하이드의 노래를 두 보이 그룹의 팬들만이 듣는 것은 아니었다.

분명 지킬과 하이드의 노래를 그냥 좋아서 듣는 순수한 음악팬도 있을 것이다.

하지만 그 수치는 고정돼 있다고 봐야 했다.

왜냐하면 지킬과 하이드의 노래를 듣는 순수한 음악팬의 숫자는 거의 동일했기 때문이었다.

다시 말해서 결국 1위와 2위를 가르는 미묘한 차이는 지킬과 하이드의 팬들이 어디로 쏠리느냐에 따라 결정된다는 뜻이었다.

'보통의 팬들은 경쟁을 하느라 이런 일을 벌일 생각조차 하지 못한다. 하지만 지킬과 하이드의 팬들은 다르다. 라이벌 구도가 회사의 전략이라는 걸 알고 있기 때문에 그것을 저지하려고 있어.'

여기까지 생각을 정리한 정호가 어이없다는 듯 허허, 하고 웃었다. 솔직히 자신이 전략을 짰지만 이런 일이 벌어질 거라고는 생각할 수 없었다.

오히려 지킬과 하이드가 최상위권 그룹까지 성장한다면, 종국에는 두 보이 그룹이 피치 못할 경쟁을 벌여야 할 거라고 생각했다.

그래서 그에 대한 대비책을 강구하고 있는 중이었다.

하지만 팬들은 정호의 생각을 훌쩍 뛰어넘어 버렸다.

정호가 준비한 대비책을 무색하게 만드는 방식으로.

한참 어이없다는 듯 웃던 정호의 표정이 바뀌었다.

그건 우연한 계기로 기쁜 일과 조우한 사람의 밝은 표정이었다. 그런 표정을 지은 채 정호가 말했다.

"지킬 앤 하이드 프로젝트는 완벽히 성공했군요! 팬들만의 방식으로!"

정호는 인정했다.

결국 전략이 아닌 사람이 승리했음을.

또 한 번 정호가 일보다 중요한 것이 사람이라는 걸 깨닫게 되는 순간이었다.

12장. 크고 젊은 회사

이후로도 지킬과 하이드는 계속해서 승승장구했다.

〈당신에게〉와 〈홈커밍〉으로 각각 네 번씩 음악 방송 1위 자리와 음원 차트 1위 자리를 나눠가지며 새로운 아이돌 그룹의 비상을 알렸다.

그런 후, 두 보이 그룹은 바로 휴식기에 들어갔다.

그러나 휴식은 짧았다.

이 기세를 몰아야 한다고 판단한 힛 엔터테인먼트가 청월과의 상의 끝에 하이드를 1집 정규 앨범 〈맨 플라워〉로 컴백시켰기 때문이었다.

컴백까지 걸린 시간은 딱 한 달이었고 지킬과 활동 시기에

겹치지 않은 하이드는 물 만난 고기처럼 〈맨 플라워〉로 모든 걸 독식하기 시작했다.

어느 정도 예상한 결과였지만 무엇보다 독식의 과정이 인상적이었다.

청월은 하이드가 컴백을 하지마자 하이드의 실패를 기원하는 '기원제'를 열거나, 지킬의 맴버 중 하나인 김연을 동원하여 '디스랩'까지 만들어 강도 높은 비난을 퍼부었는데, 그럼에도 불구하고 지킬의 팬들은 하이드의 컴백을 지지하고 응원한 것이었다.

단순히 지지하고 응원을 한 정도가 아니었다.

CD앨범 구입으로 실앨범판매량을 높여주고, 팬사인회에 참석한 팬들이 응원의 말과 선물을 건네는 등 마치 실제 팬과 같은 행동을 했다.

다시 한 번 회사의 전략에 넘어가지 않겠다는 팬들의 심리가 작용하며 벌어진 일이었다.

덕분에 하이드는 독보적인 행보로 보이 그룹 시장을 뒤흔들 수 있었고 이런 현상은 하이드의 휴식기에 맞춰 1집 정규 앨범 〈아이덴티티〉로 컴백한 지킬에게도 적용됐다.

이번에는 반대로 지킬의 행보를 하이드의 팬들이 지지하고 응원하기 시작한 것이었다.

그 결과, 지킬과 하이드는 보이 그룹 시장을 빈틈없이 마크할 수 있었다.

서로의 분신이 된 것처럼 지킬이 쉴 때는 하이드가 활동하고 하이드가 쉴 때는 지킬이 활동했기 때문이었다.

지킬의 팬들과 하이드의 팬들은 매일 즐거운 비명을 질렀다.

응원할 대상들이 충분한 휴식을 취하면서도 쉼 없이 활동을 하니 즐거운 비명을 지를 수밖에 없었다.

장난삼아 이런 소리를 하는 팬이 있을 정도였다.

[난 지킬 팬인데 솔직히 조금 힘들다ㅎㅎㅎ 지킬은 쉬는데 나는 못 쉬거든ㅎㅎ]

[ㅋㅋㅋㅋㅋ하이드 응원해야 해서?]

[ㅇㅇ몰라서 묻냐?ㅋㅋㅋㅋ 끊을 수 없는 뫼비우스의 띠ㅋㅋㅋㅋ]

[연예인이 쉬는데 팬은 일하는 기형적인 구조ㅋㅋㅋㅋㅋ]

[회사가 끝나도 또 일이 있는 이 느낌 뭘까?ㅎㅎ]

[처음에는 모든 게 좋았다ㅋㅋㅋ 하지만 시작된 건 도저히 빠져나올 수 없는 늪ㅋㅋㅋ]

그렇게 지킬과 하이드는 국내의 보이 그룹 시장을 잠식하고 있었다.

그건 마치 원작 '지킬 앤 하이드'처럼 한 사람의 인격이 두 개의 인격으로 나눠져 끊임없이 사건, 사고의 중심이 되는 것과 비슷했다.

정호가 지킬과 하이드의 행보를 정리한 보고서를 읽으며 생각했다.

'청월과 힛 엔터테인먼트의 협력 사업은 대성공이다. 보이 그룹 시장을 완벽하게 꽉 잡게 되었다고 할 수 있으니깐. 이대로라면 슬슬 국내 시장에 대한 걱정은 덜 수 있겠어.'

◇ ◆ ◇

또 하나의 기쁜 소식이 있었다.

지킬과 하이드의 스케줄로 한참 정신없는 동안, 오랫동안 고대하던 아카데미 시상식이 돌아왔기 때문이었다.

정호는 바쁜 와중에도 스케줄을 조정해 강여운과 함께 미국으로 건너갔다.

아쉽게도 민봉팔은 함께하지 못했다.

정호를 대신해 이사로서의 업무를 수행해야 했기 때문이었다.

정호가 자리를 비워야 할 때 누구보다 바쁜 사람은 다름 아닌 민봉팔이었다.

정호는 늘 그게 안타까웠다.

'그나마 다행이다. 조만간 추가 인선이 내려올 테니. 이제 봉팔이도 이런 자리에 함께할 수 있을 거야.'

청월은 점차 크고 젊은 회사가 되어 가는 중이었다.

특히 지킬과 하이드가 보이 그룹 시장에서 큰 성공을 거두며 인력 충원이 무엇보다 필요해졌다.

단순히 신입 사원을 뽑는 것이 아니라 주요 보직에 대한 추가 인선 조치가 시급한 상황이었다.

청월보다 덩치가 작은 힛 엔터테인먼트조차 이사가 세 명이었기 때문이었다.

이에 따라 정호가 이 부분을 지적하기도 전에 윤 대표가 정호를 불러냈다.

그 자리에는 청월의 또 다른 이사인 민봉팔도 함께했다.

한동안의 침묵을 끊고 윤 대표가 먼저 입을 열었다.

"오 이사와 민 이사의 활약 덕분에 회사가 많이 커졌네. 하지만 나는 그럼에도 불구하고 뭔가에 쫓기는 듯한 인상을 받았지. 그래서 그게 무엇인지 고민하지 않을 수가 없었네. 그러던 중 나름의 답을 내리게 됐어."

민봉팔이 물었다.

"그게 무엇입니까?"

"소속 연예인들의 성장에 비해 회사의 규모가 너무나도 작은 것 같네. 주요 보직에 대한 새로운 인선이 시급해."

정호가 고개를 끄덕였다.

윤 대표의 말에 동의하지 않을 수가 없었기 때문이었다.

고개를 끄덕이던 정호가 한마디 말을 덧붙였다.

"이참에 회사의 목표도 재설정하시는 게 어떻겠습니까?"

윤 대표가 호기심을 가지고 물었다.

"어떻게?"

정호가 웃으며 대답했다.

"시선을 국내에서 세계로 펼치는 것이죠."

그날의 대화 이후, 우선 시급한 인선 조치부터 실행됐다.

기획팀이 신입 사원 공고를 올렸고, 이사회가 개최되어 황 팀장과 권 팀장의 이사 승진이 결정됐다.

이제 인사 공문만을 기다리는 상태였다.

'내가 아카데미 시상식을 다녀오면 황 팀장님과 권 팀장님은 이사가 되어 있겠군.'

회사의 상황을 정리하며 정호는 어느새 강여운과 함께 아카데미 시상식에 도착했다.

이변은 없었다.

〈레드, 월 스트리트〉는 아카데미에서 정당한 평가를 받았다.

그리고 대단한 결과를 낳았다.

먼저 작품만으로 다섯 개 부문의 상을 휩쓸었다.

각색상, 미술상, 촬영상, 음악상을 받았고 그중에서도 특히 아케데미의 왕관이라고 할 수 있는 작품상을 받았다.

유미지의 〈룰루랜드〉로 인해 아쉽게 놓쳤던 작품상을 드디어 알렉스 젠킨슨이 손에 쥔 것이었다.

알렉스 젠킨슨이 붉게 충혈된 눈으로 수상 소감을 전했다.

"사실 저는 〈블루 라이트〉 이후 고민이 많았습니다. 신출내기 감독으로서 엄청난 상을 손에 쥐고도 〈블루 라이트〉만으로는 관객의 마음을 얻지 못했다고 생각했습니다. 그래서 고민했죠. '〈룰루랜드〉처럼 대중성과 작품성을 모두 잡을 수 있는 방법은 무엇일까?' 하고요."

여기까지 말을 한 알렉스 젠킨슨이 목소리를 가다듬었다.

그러고는 이어서 말했다.

"그때가 제 인생의 가장 큰 위기 중 하나였을 겁니다. 지금에 와서는 별일이 아니라고 생각할 수 있게 되었지만, 만약 그때 제가 대중성이라는 토끼를 쫓았다면 제 유일한 장점인 작품성을 영영 놓치게 됐을지도 모를 일이니까요. 하지만 저는 운이 좋은 남자였습니다."

알렉스 젠킨슨은 붉게 충혈된 눈으로 카메라 화면을 똑바로 쳐다보며 말했다.

"〈룰루랜드〉의 유미지 양을 최고의 배우로 이끈 바로 그 사람을 만났기 때문이죠. 오정호. 그 사람의 이름을 지금

부릅니다. 그리고 말합니다. 당신이 있어서 내가 작품성으로 이 자리에 오를 수 있었다고. 당신이 말한 대로 나의 작품성이 곧 대중성이었다고. 감사합니다."

알렉스 젠킨슨의 수상 소감이 끝나고 우레와 같은 함성과 박수가 쏟아졌다.

앞서서 감독상까지 수상한 알렉스 젠킨슨이었다.

하지만 감독상을 받았을 때 알렉스 젠킨슨은 어떤 대단한 코멘트도 하지 않았다.

스태프들과, 팬들과, 엠마 해리스에게 감사 인사를 한 정도였다.

정호가 생각했다.

'이때를 기다린 거구나……'

그랬다.

알렉스 젠킨슨은 이때를 기다리고 있었다.

제대로 된 자리에서, 제대로 된 감사 인사를 전하기 위해서.

그리고 정호는 이 순간, 알렉스 젠킨슨의 진심을 느낄 수 있었다.

'괜히 부끄럽군. 이로써 두 번의 수상 소감에서 내 이름이 등장한 건가?'

정호가 수상 수감을 듣고도 아무 말이 없자 강여운이 팔꿈치로 정호를 찔렀다.

"오빠, 부끄러워요?"

정호는 대답 없이 고개를 딴 데로 돌렸다.

부끄러우니 말하지 않겠다는 명백한 표현이었다.

◇ ◆ ◇

정호를 부끄럽게 한 사람은 알렉스 젠킨슨만이 아니었다.

강여운도 여우주연상을 받은 자리에서 정호에게 감사 인사를 전했다.

"제가 상을 받을 때마다 매번 이름을 꺼내서 듣는 사람 입장에서도 새롭지 않겠지만 그렇다고 빼먹을 수는 없겠네요. 정호 오빠, 고마워요. 비록 저보다 먼저 미지에게 이 상이 돌아갈 수 있게 했지만 오빠 마음에 두 번째라는 것만으로도 저는 행복합니다."

그때 카메라가 백스테이지 서 있던 정호의 표정을 잡았다.

물론 정호의 표정은 딱딱하게 굳어 있었다.

시상식에 모인 사람들이 그 화면을 보고 폭소했다.

뭔가 심상치 않음을 느낀 강여운이 여유롭게 고개를 돌려 그 화면을 보며 말했다.

"와, 표정 봐봐. 누가 존못 문화왕 아니랄까봐. 갑자기

〈코난 토크쇼〉에서 춤을 추게 만들 때는 언제고 그런 표정 지을 거예요?"

그러자 뒤늦게 카메라가 자신을 잡고 있다는 사실을 파악한 정호가 애써 웃는 표정을 지었다.

그 모습을 또다시 강여운이 확인한 뒤 말했다.

"역시 오빠는 연기자 체질이 아니네요. 얼굴은 꽤 잘생겼는데…… 어쨌든 감사합니다, 오빠. 만약 더 높은 곳으로 가더라도 꼭 저의 담당 매니저로 남아 주세요. 이상으로 제 수감 소감 마치겠습니다. 감사합니다."

강여운이 무대 위에서 내려왔지만 여전히 시상식에 모인 사람들은 웃느라 정신이 없었다.

그중에서도 〈레드, 월 스트리트〉의 남자 배우들이 배꼽을 잡는 모습이 인상적이었다.

빌리 스카스가드, 채스턴 보스만, 제임스 연, 토마스 찰라멧, 레오나르도 디카르타 같은 배우들이 거의 바닥에서 드러누워 자지러지고 있었으니 인상적일 수밖에 없었다.

이 수상 소감의 여파는 생각보다 컸다.

강여운의 여우주연상 수상 소감 부분만이 편집되어 유터보에 동영상으로 떠돌아다니기 시작한 것이다.

'할리우드 배우의 흔한 수상 소감'이나 '할리우드 배우를 웃기는 할리우드 배우'라는 제목 등을 달고 이 영상이 돌아다니면서 큰 반향을 일으켰다.

한국인뿐만이 아니라 세계인들이 모두 달려들었다.

[강여운은 정말 대단해ㅋㅋㅋ 아카데미조차 자신의 놀이터인 줄 알잖아ㅋㅋㅋㅋ]

[〈레드, 월 스트리트〉로 한 사람의 인생을 살아본 게 저런 담대함을 준 것 아닐까?ㅋㅋㅋ]

[아니, 그건 거꾸로 됐어ㅋㅋㅋ 저런 담대함이 있기 때문에 강여운이 〈레드, 월 스트리트〉의 수안나 역을 소화할 수 있었던 거지ㅋㅋㅋㅋ]

[강여운, 오정호 콤비는 정말 웃긴 것 같아ㅋㅋㅋㅋ 오정호는 근데 개그맨이야?ㅋㅋㅋㅋ]

[ㄴ한국에서 유명한 매니저야ㅋㅋㅋ 밀키웨이부터 강여운까지 세계적으로 유명한 한국의 스타들을 키운 장본인지ㅋㅋㅋㅋㅋ]

[와우, 대단한걸?ㅋㅋㅋㅋ 역시 방송 센스가 있어서 그런지 저런 재밌는 해프닝도 만드는 건가봐ㅋㅋㅋㅋ]

[ㅋㅋ나는 오정호가 연예인으로 데뷔했으면 좋겠어ㅋㅋㅋㅋ 오정호가 프로그램을 만든다면 〈코난 토크쇼〉와 비교해도 밀리지 않을 것 같아ㅋㅋㅋㅋ]

[하루 종일 춤만 춰도 웃음이 끊이질 않겠지ㅋㅋㅋㅋㅋ]

[그나저나 오정호는 작년에 이어서 또 이렇게 많은 대감독들과 대배우들의 입에서 불려지는구나ㅋㅋㅋㅋ 정말 대단한 사람 같아ㅋㅋㅋ 영향력이 엄청나ㅋㅋㅋ]

[나도 동감해ㅋㅋㅋ 조만간 한국을 벗어나 세계적으로 뻗어나갈 거야ㅋㅋㅋ 저런 사람이 하나의 나라에서만 활동하는 게 말이 되지 않아ㅋㅋㅋㅋ]

[이미 밀키웨이랑 강여운을 키워냈다며?ㅋㅋㅋㅋ 그걸로 이미 세계로 뻗어나갔다고 볼 수 있지 않을까?ㅋㅋㅋㅋ]

[더 높은 곳으로 갈 거야ㅋㅋㅋ 확실해ㅋㅋㅋㅋ]

정호는 세계 각국의 언어로 적힌 댓글들을 보면서 이제 슬슬 세계 무대에 도전장을 내걸 시기라고 확신할 수 있었다.

정호가 생각했다.

'윤 대표님과 함께 청월의 목표점을 이미 세계 무대로 재설정한 상황이다. 거리낄 건 없어. 이대로 추진한다.'

정호는 일단 세 곳을 공략할 계획을 세웠다.

그곳은 바로 중국, 일본, 영국이었다.

선정된 세 곳의 국가를 통해 알 수 있듯이 정호가 세운 계획은 아시아에서 유럽으로 시장을 확대하여 궁극적으로 북미를 공략하는 것이었다.

아직 북미는 계획에도 넣지 못한 상태이긴 했지만.

'일단 아시아를 공략해야 해. 청월의 기반이 한국인 이상 아시아 국가들 사이에서 강력한 경쟁력을 확보할 필요가 있어. 그다음 유럽을 공략하여 북미 시장 공략의 교두보를 마련해야 해.'

윤 대표, 민봉팔과 합의한 사안을 정리하며 정호가 생각했다.

청월의 수뇌부인 세 사람이 합의한 바에 따르면 청월은 이미 공략할 첫 번째 국가를 정해둔 상태였다.

가까운 나라부터 공략할 생각이었고 일본과 중국 중에서 어렵지 않게 중국을 먼저 공략할 국가로 선택했다.

'거리상으로 가장 먼 영국은 맨 뒤로 미뤘다. 그렇다면 일본과 중국이 남는데 아무래도 일본보다는 중국이 공략을 하기에 낫다.'

공략을 염두에 둘 때 두 국가 모두 장단점이 있었다.

먼저 일본은 이미 밀키웨이를 통해 음악 시장에서 힘을 발휘할 여건을 만들어둔 상태라는 것이 장점이었다.

또한 중국은 채 작가의 작품을 통해 드라마 시장에서 어느 정도 명성을 쌓은 상태라는 장점이 있었다.

하지만 두 국가 모두 단점이 확실했는데, 일본은 반한 감정이 심하고 중국은 한국을 얕보는 경향이 강하다는 것이었다.

일본이나 중국이라고 꼭 그런 것은 아니긴 했지만, 그런 흐름이 있는 것은 어느 정도 사실이었다.

'결국 일본이나 중국이나 만만찮은 상대라는 것이지. 그렇다면 역시 중국이 낫다.'

정호가 중국을 첫 번째 공략 대상으로 선택한 것은 시장의 상태 때문이었다.

일본은 이미 오래전부터 연예계 분야의 모든 시장이 탄탄한 동시에 개성적으로 구축된 상태였다.

그건 다시 말해서 한국에서 성장하여 일본으로 진출하는 건 쉬운 반면 밑바닥부터 일본의 다른 기업과 경쟁하는 건 어렵다는 뜻이었다.

정호가 원하는 건 세계의 다른 국가에 청월의 지부를 세우는 것이었다.

한마디로 해당 국가의 다른 연예계 관련 회사들과 정당하게 경쟁을 벌이겠다는 얘기였다.

'완벽히 밑바닥부터 시작하는 것은 아니지만 그렇다 하더라도 어쨌든 일본 시장부터 공략하는 건 좋지 않은 선택이다. 발전을 거듭하며 시장의 구색을 갖춰 나가고 있는 중국이 여러모로 도전할 만한 가치가 있어.'

중국을 만만하게 보는 것은 아니었다.

확실히 중국은 통 큰 투자와 인적 자원의 규모로 상대를 압도하는 면이 강했다.

청월로서도 정면 대결을 펼친다면 승산이 낮았다.

'하지만 중국은 인맥으로 돌아가는 사회인 만큼 인맥만 확실하다면 뭔가 비벼볼 구석이 생기지. 그리고 청월은 이 부분에 대한 준비를 어느 정도 끝낸 상태야.'

언젠가 중국 시장을 공략할 날이 생길 수도 있다고 생각한 정호는 해외영업부가 생긴 이후로 쭉 중국 시장 공략에

공을 들여왔다.

별다른 방법은 아니었다.

그저 해외영업부의 유능한 직원을 파견하여 미리 중국 쪽의 인맥을 쌓도록 한 것이었다.

그리고 그게 벌써 5년 전의 일이었다.

'양 팀장이 중국에 자리를 잡은 게 그렇게 오래됐다는 걸 나도 얼마 전에야 깨달았지. 좋은 타이밍에 연락을 줘서 다행이야.'

사실 정호는 해외영업부 중국팀의 양백찬 팀장의 존재를 최근까지 잊고 있었다.

그럴 수밖에 없는 게 양 팀장과 그의 직원 셋은 현지화가 되어도 너무 심하게 됐는지 필수적인 정기 보고가 아니면 연락이 전혀 없었기 때문이었다.

심지어 이사 직급까지 올라오는 필수적인 정기 보고는 일 년에 단 두 번에 불과했다.

'그리고 한 달 전의 보고가 일 년 중 두 번 있는 양 팀장의 후반기 정기 보고였지…….'

곰곰이 생각해 보면 어쩔 수 없는 일이었다.

청월의 입장에서 해외영업부 중국팀은 일종의 투자에 불과했다.

5년 전이라면 청월이 중국에 지부를 세울 거라는 생각조차 할 수 없던 시기였다.

해외영업부 중국팀을 만들어 양 팀장과 직원 셋을 중국으로 보낸 것도 정호가 당시 청월의 이사였던 정 대표를 어렵게 설득한 끝에 간신히 이뤄낸 일이었다.

그러다 보니 정호는 양 팀과 직원 셋의 존재에 대해서 종종 잊을 수밖에 없었다.

그나마 다행인 점은 해외영업부 중국팀의 월급이 같은 직급의 다른 직원들의 비해 1.8배 정도 높다는 사실이었다.

추가 출장 수당 등을 제외하고도 1.8배 높았다.

그래서 그런 것일까?

정호의 우려와는 다르게 오랜만에 정기 보고를 하기 위해 전화를 건 양 팀장의 목소리는 굉장히 밝았다.

"안녕하세요, 오 이사님!"

스마트폰에 뜬 이름을 보고 나서야 간신히 양 팀장의 존재를 기억한 정호가 얼떨떨해하며 답했다.

"어, 어. 양 팀장."

그런 정호의 얼떨떨해하는 목소리에도 불구하고 양 팀장은 여전히 밝은 어조로 웃으며 말했다.

"하하하. 오랜만에 연락드리는데도 역시 저를 기억해 주시는군요! 한국에서의 지킬과 하이드의 활약은 매일 TV로 잘 지켜보고 있습니다. 조만간 미국에 가신다고요?"

"어, 어. 그렇게 됐어. 알겠지만 〈레드, 월 스트리트〉가 좋은 평가를 받았거든."

양 팀장이 다시 한 번 웃으며 대답했다.

"네, 네. 중국에서도 〈레드, 월 스트리트〉가 큰 열풍을 불러일으켰습니다. 제가 전반기에 보낸 정기 보고서 받으셨죠?"

다시금 기억을 쥐어짜 간신히 정기 보고서 내용을 떠올린 정호가 말했다.

"아, 아. 그래. 거기에 적어준 것이 기억이 나. 양 팀장이 중국에서 수고가 많아. 덕분에 〈레드, 월 스트리트〉가 중국에서도 흥행할 수 있었어."

"하하하. 그게 무슨 제 덕분이겠습니까? 전부 오 이사님과 여운 양이 노력한 결과지요."

정호가 고개를 끄덕이며 대꾸했다.

"그래, 그래. 그렇게 말해줘서 고마워. 그런데 무슨 일이야? 정기 보고는 보통 보고서만으로 끝내지 않았어?"

양 팀장이 약간 웃음기가 가신 어조로 대꾸했다.

정호의 말에 언짢았다기보다는 뭔가 진지하게 하고 싶은 말이 있는 듯한 태도였다.

"그랬지요. 하지만 이번에는 전화로밖에 할 수 없는 얘기들이 많아서요. 후반기 정기 보고서 어제 보냈는데 혹시 읽어보셨습니까?"

정호가 솔직히 대답했다.

"아직 못 읽어봤어. 어제 지킬의 첫 콘서트가 있었거든."

양 팀장이 그럴 줄 알았다는 듯 말했다.

"역시나 그렇군요. 어쩐지 후반기 정기 보고서를 읽으셨다면 바로 연락을 주셨을 텐데 연락이 없으시더군요."

정호는 뭔가를 느끼고 물었다.

"왜? 중국 쪽에 안 좋은 일이라도 생겼어?"

양 팀장이 안심하라는 듯 말했다.

"안 좋은 일은 아닙니다. 오히려 좋은 일이라면 좋은 일이겠지요. 중국 쪽 드라마 제작사에서 연락이 왔습니다. 청월, 프롬 프로덕션과 합작하여 중국 드라마를 만들고 싶다는 제의인데 혹시 생각 있으십니까?"

◇ ◆ ◇

이것이 사실 중국 쪽 공략을 먼저 결정한 이유이기도 했다.

그때의 일을 떠올리며 정호가 생각했다.

'일이 아주 흥미롭게 돌아가기 시작했지.'

청월과 프롬 프로덕션에 합작 제의를 한 중국 드라마 제작사는 총 세 곳이었다.

시우, 투피안, 충쳉이었다.

셋 모두 중국에서 드라마로 각광을 받는 회사였다.

청월에 앞서서 아라 엔터테인먼트와 중국 합작 드라마를 만든 회사도 섞여 있었다.

'아라 엔터테인먼트와 작업을 했던 것이 투피안이었지 아마……?'

자세한 건 자료를 찾아 봐야 알겠지만, 정호는 그때 그 드라마가 중국에서 꽤나 좋은 평가를 받았던 것으로 기억했다.

큰 흥행을 하지 않아도 많은 돈을 긁어모을 수 있을 정도로 시장이 컸던 덕분에 아라 엔터테인먼트가 손에 쥔 이득이 상당했던 것도 기억에 남아 있었다.

하지만 정호의 흥미를 끄는 것은 어찌 보면 어느 정도 보증된 회사라고 할 수 있는 투피안이 아니었다.

정호는 그 어떤 회사보다 충쳉이라는 드라마 제작사에 무척이나 흥미가 동했다.

'투피안이야 말할 것도 없고. 시안도 분명 좋은 회사다. 중국 드라마의 삼분의 일 정도가 시안에서 만들어진다는 것을 모르는 사람이 없을 테니깐. 하지만 충쳉만큼 흥미가 생기지는 않는군. 삼합회의 회사가 청월에 접근했다니……'

그랬다.

충쳉은 다름 아닌 삼합회가 연예계 쪽으로 합법적인 사업을 하기 위한 건립한 드라마 제작사였다.

물론 삼합회가 건립했다는 점에서 이미 알 수 있듯이 합법을 가장한 불법을 저지를 가능성이 무척이나 높은 드라마 제작사이기도 했다.

'잘 알려진 사실은 아니지만 이전의 시간에서 충칭에 대해서 들은 바가 있었다. 내 기억에 따르면 한경수조차도 충칭과의 접촉을 꺼려했었지.'

충칭이 코끼리팩토리보다 악랄한 회사였기 때문에 그런 것이 아니었다.

그보다는 충칭의 뒤를 봐주고 있는 삼합회라는 이름에 한경수가 한 걸음 물러섰다고 보는 것이 옳았다.

아무리 한국의 암흑가를 한 손에 쥐고 있는 자의 손자라고 해도 삼합회는 무시무시한 이름일 수밖에 없었기 때문이었다.

'게다가 충칭은 삼합회라는 이름이 뒤에 있는 것에 비해 굉장히 합법적으로 운영되는 회사라고 들었다. 삼합회의 온건파인 후앙 훼이가 취미로 굴리는 회사라고 했었나?'

결국 합법적이라는 점에서 한경수와 충칭은 전혀 맞지 않았다.

언제나 뒤에서 뭔가를 꾸미기를 좋아하는 한경수가 그러고 싶어도 그럴 수 없다는 것은 엄청난 페널티였다.

한경수의 성격상 그런 페널티를 굳이 껴안을 리가 없었다.

하지만 정호는 충칭에게 호기심이 동할 수밖에 없었다.

정호의 궁극적인 상대가 한경수인 이상 어떻게든 또 하나의 손이 필요한 상황이었기 때문이었다.

그리고 그 또 하나의 손은 합법적인 권력이 아니었다.

'그렇다고 해서 내가 불법을 저지르겠다는 것은 아니다. 이제 나는 완전히 새사람으로 거듭났다. 솔직히 말하면 이제 한경수를 향한 복수심도 많이 옅어졌고⋯⋯.'

처음 시간 결제를 했을 때만 해도 한경수에 대한 복수심을 도저히 주체하기가 힘들었다.

하지만 지금은 그렇지 않았다.

여러 차례 한경수를 만날 때마다 결정적이진 않지만 꾸준히 복수를 할 수 있었고 지금에 와서 한경수의 코끼리팩토리는 청월의 위협이 되지 못했다.

또한 정호가 과거의 일을 지우고 새사람으로 거듭난 것처럼 과거의 일은 과거의 일일 뿐이라는 생각도 들었다.

'그래. 충쳉에게 관심이 가는 것은 사실이지만 복수가 아니라면 삼합회와 연결된 드라마 제작사와 굳이 작업을 할 필요가 없지. 충쳉이 아니어도 중국 지부를 세우기 위해 협력할 회사는 많다.'

정호가 이런 생각을 하고 있을 때였다.

갑자기 정호의 이사실로 누군가가 쳐들어왔다.

"정호야! 큰일 났다!"

정호의 이사실로 쳐들어온 사람은 다름 아닌 민봉팔이었다.

뭔가 불안한 느낌을 받으며 정호가 물었다.

"무슨 일이야?"

정호의 질문에 민봉팔은 대답 없이 자신의 스마트폰을 꺼내서 보여줬다.

그곳에는 자극적인 타이틀을 단 기사 하나가 실려 있었다.

—코리끼팩토리 한경수 대표. '사성 그룹과의 협력은 기회. 세계 무대에서 시작해, 한국까지 정복해 보겠다.'

불안함이 현실로 돌아오는 순간이었다.

일단 정호는 해외영업부 중국팀 양 팀장에게 세 곳의 회사와 모두 접촉을 하도록 지시를 내렸다.

시우, 투피안, 충쳉을 전부 만나보겠다는 생각이었다.

그런 후, 현재의 국내 상황을 파악하기 위해 발 빠르게 움직였다.

이럴 때 가장 도움이 되는 사람은 역시 예중태였다.

예중태는 코끼리팩토리의 상황을 알아봐 달라는 정호의 부탁을 최우선적으로 처리했다.

그 덕분에 정호는 어느 정도 상황을 파악할 수 있었다.

예중태가 전화기 너머로 말했다.

"한경수가 스스로 코끼리팩토리의 대표 자리에 오르면서 사성 그룹에 부탁을 한 모양이입니다."

"부탁이요?"

"네. 사성 그룹의 회장인 자신의 할아버지를 직접 찾아가 코끼리팩토리에 전폭적인 지원을 부탁한 것이지요."

정호는 예중태의 말을 듣고 생각했다.

'가지고 싶은 걸 모두 가졌던 한경수다. 한경수의 성격상 누군가에게 밀리는 것을 가만히 내버려 둘 수 없었겠지. 그래서 할아버지를 찾아가 부탁을 한 것인가.'

한경수의 할아버지는 몇 차례 설명한 바가 있듯이 대기업 회장이었다.

사성 그룹의 한동철이라고 하면 모르는 사람이 없을 정도의 유명 인사였다.

하다못해 지금 예중태와 통화를 나누는 데 쓰고 있는 정호의 스마트폰조차도 사성 그룹에서 만든 것이었다.

'하지만 의외로군. 한경수는 설령 자신의 할아버지라고 해도 뭔가 부탁을 할 만한 성격이 아닌데…….'

정호의 기억에 따르면 한경수는 할아버지의 재산을 몰래 가져다가 썼으면 썼지 부탁 같은 걸 할 인물이 전혀 아니었다.

이 점이 의아해진 정호가 예중태에게 물었다.

"제가 한경수를 잘 아는 것은 아니지만 한동철에게 부탁을 했다고요? 그게 가능할까요?"

예중태가 대답했다.

"아는 사람은 알겠지만 확실히 한경수의 성격상 그런 부탁을 했다고 보기는 힘들긴 하죠. 그러나 현재의 상황을 조금만 면밀히 살펴보면 한경수가 어째서 그랬는지 알 수 있습니다."

예중태는 두 가지의 이유를 근거로 들었는데 그것은 바로 청월의 상황과 한경수의 처지였다.

청월의 상황과 한경수 처지를 종합하면 지금의 상황을 이해할 수 있다는 예중태의 의견이었다.

"한경수가 갖은 악행을 저지르며 회사를 키웠음에도 불구하고 도저히 따라잡을 수 없는 회사가 하나 있었죠. 그곳이 바로 청월입니다."

청월만이 아니었다.

이번 시간에서 정호의 도움을 받지 못한 한경수의 코끼리팩토리의 성장세는 형편없었다.

코끼리팩토리를 3대 소속사와 비할 정도로도 키우지 못했기 때문이었다.

그런 상황에서 청월을 비교한다는 건 당치도 않은 소리였다.

"그러다 보니 조급해졌을 겁니다. 가지고 싶은 걸 언제나 다 가졌던 한경수인데 청월은커녕 3대 소속사에도 비비지 못할 처지였으니까요. 실제로 한경수는 모든 방법을 동원했습니다. 대기업 재벌의 손자가 아니라면 진즉에 법의 단죄를 받았을 만한 죄목이 몇 백 장은 나올 겁니다."

예중태의 얘길 들으며 정호가 고개를 끄덕였다.

이번에는 접점이 거의 없었기 때문에 어떤 짓을 벌이고 다녔는지 알 수 없지만 한경수가 가만히 있었을 거라고 생각하지 않았다.

분명 갖가지 더러운 방법으로 여기까지 올라왔을 것이 분명했다.

연예계 쪽으로 전문성이 전무하다시피 한 한경수가 코끼리팩토리를 그나마 이 정도로 키운 것만으로도 충분히 유추할 수 있는 사실이었다.

하지만 아쉽게도 대기업 재벌의 손자라는 사실이 이러한 죄목들에 접근하지 못하도록 막고 있었다.

게다가 정황만 있을 뿐 증거가 없는 상황이기도 했다.

대기업이 뒤를 봐주고 있다는 건 애초에 '죄'라고 명명될 만한 요소를 모두 제거해 버린다는 것이나 마찬가지였다.

그것이 '죄'라고 호명되지 않으면 '죄'가 되지 않는다는 걸 가장 잘 아는 집단이 대기업이었고 그중에서도 사성 그룹은 그쪽 분야의 톱이었다.

"어쨌든 그런 짓을 벌이고도 한경수는 청월과 3대 소속사의 벽을 뚫지 못했습니다. 그러면서 자연스럽게 궁지에 몰렸을 것입니다. 사업 하나도 제대로 성공하지 못한 무능아를 사성 그룹에서 후계자로 인정할 리가 없으니까요."

확실히 얼마 전까지 코끼리팩토리의 상황은 굉장히 좋지 않았다.

청월이 3대 소속사와 힘 싸움을 벌이는 사이에도 메세나나 케스타 같은 소속사와 비교해도 약간 밀릴 정도였다.

사성 그룹의 왕좌를 노리는 많은 사람들이 이 상황을 그저 두고 볼 리가 없었다.

한경수의 무능함을 꼬집으며 후계자 자리를 박탈하도록 압박을 넣었을 것이 분명했다.

"이런 상황에서 한 씨 집안의 유일한 핏줄이라는 것은 하나의 장점에 지나지 않습니다. 한경수가 아니라도 사성 그룹을 이끌 능력 있는 사람들은 넘쳐나니까요. 한경수도 상황이 자신에게 유리하지 않다는 걸 깨달았겠죠. 그래서 자존심을 굽히고 할아버지를 찾아간 것이고요. 그리고 아마 이렇게 말했을 겁니다. '전폭적인 지원으로 기회를 달라. 반드시 코끼리팩토리를 성공시켜 보이겠다.' 라고요."

충분히 가능성이 있는 얘기였다.

아니, 오히려 예중태의 말을 듣고 보니 예상 가능한 부분은 이것밖에 없다는 생각이 들었다.

정호는 괜히 예중태가 대한민국 최고의 언론인이라는 소리 듣는 게 아니라는 생각을 하며 물었다.

"상황은 이해했습니다. 그래서 어떻게 생각하십니까? 한경수가 어떤 일부터 벌일 것 같나요?"

◇ ◆ ◇

통화로 계속 대화를 나누기에 좋지 못한 주제라며 예중태가 정호를 직접 찾아왔다.

그리고 정호의 이사실에서 다시 이어진 예중태의 말은 정호를 충격에 빠뜨리기에 충분했다.

예중태는 지금까지 모은 정보로 정호가 생각지도 못한 상황을 유추해 냈다.

"코끼리팩토리는 사성 그룹에서 나오는 막대한 자금력과 영향력으로 현재 아라 엔터테인먼트와 큐 엔터테인먼트에 접촉하고 있습니다."

정호가 반문했다.

"접촉이요? 왜죠? 아무리 공식적으로 사성 그룹을 등에 업었다고 해도, 연예계 쪽으로는 아라 엔터테인먼트와 큐 엔터테인먼트의 영향력을 흡수할 수 없을 텐데요."

정호의 말에 예중태가 고개를 저었다.

"흡수가 아닙니다. 코끼리팩토리가 추구하고 있는 것은 통합입니다. 한경수는 상위 브랜드를 발족해 코끼리팩토리, 아라 엔터테인먼트, 큐 엔터테인먼트를 하나로 묶을 생각입니다."

정호는 예중태가 하는 말이 무엇인지 깨닫고 충격을 받았다.

정리하자면 한경수의 전략은 코끼리팩토리, 아라 엔터테인먼트, 큐 엔터테인먼트를 묶어 통합 브랜드를 만들어내겠다는 것이었기 때문이었다.

하지만 예중태는 더 대단한 얘길 꺼냈다.

"하지만 정황을 따져보면 한경수가 단순히 아라 엔터테인먼트, 큐 엔터테인먼트에 만족할 것 같지 않습니다. 공식적인 발표가 있었던 만큼 사성 그룹도 여기에 한 발을 걸칠 것이 분명합니다. 게다가 메세나와의 접촉도 포착됐습니다. 만약 이 모든 기업이 통합된다면 아라 엔터테인먼트, 큐 엔터테인먼트, 메세나와 연결된 드라마 제작사 및 영화 제작사 또한 여기에 합류할 것이 분명하고요."

입이 떡 벌어졌다.

상상만으로도 규모가 엄청났기 때문이었다.

머릿속으로 모든 상황을 정리한 정호가 천천히 입을 열었다.

"그렇게 되면…… 청월보다 더 크고 위상이 높은 회사가 탄생하겠군요."

예중태는 대답 대신 고개를 끄덕였다.

◇ ◆ ◇

정호는 해당 사실을 윤 대표를 비롯한 청월의 수뇌부들에게 전했다.

어느새 이사직에 오른 황 이사(이전 기획팀 황 팀장)와 권 이사(이전 홍보팀 권 팀장)에게도 해당 사실이 전파됐다.

윤 대표의 방에는 윤 대표를 포함한 총 다섯 사람이 모였다.

가장 먼저 입을 연 것은 윤 대표였다.

"이거 곤란하게 됐군……. 하필이면 간신히 국내를 안정화시키고 해외로 눈을 돌리려는 와중에 이런 일이……."

윤 대표의 말을 황 이사가 받았다.

"그나마 다행인 것은 한경수가 해외 시장부터 공략한다고 선언한 부분입니다. 진짜 그렇게 하는지는 두고 봐야겠지만 말이죠."

권 이사가 고개를 가로저으며 끼어들었다.

"한경수가 자신의 말을 지킬 리가 없죠. 중국 드라마 시장이나 일본 음반 시장을 노리면서 국내에서도 영향력을 높여 나갈 것이 빤합니다."

윤 대표와 황 이사가 권 이사의 말에 고개를 끄덕여 동의했다.

연예계에서 악명으로 자자한 한경수라면 그렇게 할 가능성이 높았다.

사성 그룹을 등에 업고 있다는 걸 괜히 공식적으로 내보인 게 아니었을 테니 말이다.

옆에서 신중하게 두 사람의 말을 듣고 있던 민봉팔이 입을 열었다.

"그렇다면 여러모로 문제가 많겠군요. 일단 중국 시장에만 우선적으로 집중할 수가 없는 상황이니까요. 타개책이 필요할 것은 같은데 혹시 생각해 두신 게 있으신가요, 오이사님?"

그때까지도 입을 다문 채 생각에 빠져 있던 정호가 무겁게 닫혀 있던 입을 열었다.

"생각해 둔 타개책이 없는 건 아닙니다. 다만 이게 청월을 위한 일이라고 확실할 수는 없습니다."

윤 대표의 눈을 똑바로 응시한 채 정호가 말했다.

뭔가 심상찮은 낌새를 느낀 윤 대표가 대답했다.

"괜찮네. 말해보게."

윤 대표의 말을 듣고 정호는 우선 심호흡을 했다.

심호흡을 하지 않고는 할 수 없는 말이었다.

그러고는 어렵게 정호가 입을 열었다.

"제가 생각해둔 타개책은 두 가지입니다. 그리고 두 가지를 모두 활용했을 때 성공 확률이 높아진다고 생각합니다."

윤 대표가 어서 말해 보라는 듯 고개를 끄덕였다.

정호는 말을 이어 나갔다.

"먼저 계획했던 대로 중국 드라마 시장을 공략할 예정입니다. 하지만 그냥 공략하지는 않을 겁니다. 시우와 투피안이 아닌 충칭과 작업을 할 겁니다."

정호의 말에 대표실에 모인 사람이 험, 하고 헛바람을 들이켰다.

이미 이전의 회의를 통해서 충칭이 어떤 회사인지 정호에게 전해 들은 네 사람이었다.

온건파라곤 하지만 충칭은 삼합회의 간부가 건립한 회사였던 것이다.

그렇기 때문에 네 사람은 놀랄 수밖에 없었다.

권 이사가 불안해하며 말했다.

"너무 위험한 거 아니에요?"

정호가 답했다.

"위험합니다. 하지만 저는 양 팀장을 믿습니다. 충칭과 접촉한 양 팀장의 말에 따르면, 비리가 만연한 다른 드라마 제작사에 비해 충칭은 상당히 청렴한 편이랍니다."

정호의 말에 황 이사가 반박했다.

"하지만 그건 개인의 판단 아닌가요? 저도 충칭과 협력을 했을 때 얻을 수 있는 이익을 압니다. 암흑가와 결탁을 했다는 소문이 돌고 있는 한경수도 충칭과 협력한다면 더러운 수를 쓰지 못하겠죠. 그렇다고 해서 개인의 판단으로 회사를 위협으로 몰 수는 없어요."

약간 흥분한 황 이사에게 정호는 차분히 대꾸했다.

"단순히 개인의 판단이라면 저도 믿지 않습니다. 하지만 양 팀장입니다. 누구보다 오랜 시간 중국 시장을 경험한 프로 중의 프로란 얘기죠. 또한 이건 양 팀장 개인의 의견이 아닙니다. 중국 생활을 함께한 해외영업부 중국팀 전체의 의견입니다. 현재 이들보다 중국에 대해서 잘 아는 사람이 있습니까?"

정호의 논리정연한 말에 황 이사의 말문이 막혔다.

그때 두 사람의 대화를 옆에서 지켜보던 윤 대표가 끼어들어 두 사람을 중재했다.

"둘 다 그쯤 하도록 하지. 중국 쪽 사업에 관해서는 해외영업부 중국팀의 의견을 받아들여 재고해 보겠네. 그럼…… 오 이사가 준비한 두 번째 타개책을 들어보지."

첫 번째 타개책보다 더 대단한 것이 뒤에 있다는 걸 예감한 듯 윤 대표가 말했다.

그런 윤 대표의 눈을 다시 한 번 마주하며 정호가 대꾸했다.

"제가 준비한 두 번째 타개책은…… 청월 역시 한경수에 대항할 상위의 통합 브랜드를 만드는 것입니다."

15장. 미네르바의 탄생과 약진

정호의 말을 듣고 대표실에 모인 모든 사람들이 놀랐다.

사람들의 놀란 표정을 보며 정호가 생각했다.

'놀랄 수밖에 없겠지……. 상위 브랜드를 만들자는 건 청월이 상위 브랜드에 속하는 하나의 업체가 된다는 얘기였으니깐…….'

다시 말해서 이건 생각하기에 따라 어쩌면 지금껏 유지해온 청월의 역사를 지워버리겠다는 것으로도 생각할 수 있는 문제였다.

정호가 이 순간 조심스럽게 의견을 낸 것 또한 그런 이유때문이었다.

'물론 상위 브랜드가 생긴다고 해서 청월 자체가 사라지는 것은 아니다. 하지만 청월의 이름보다 앞선 이름이 생길 것이다. 그리고 그 이름이 청월을 대표하게 되겠지.'

다른 이사들과 마찬가지로 놀란 표정을 짓고 있던 윤 대표가 끙, 하고 신음 소리를 냈다.

정호의 말이 무슨 뜻인지 확실히 깨달았던 것이다.

윤 대표가 중얼거리듯 말했다.

"갑작스럽군……."

그에 반해 다른 이사들은 입을 다물었다.

자신들이 가꿔온 청월의 존재를 흐릿하게 만들 수도 있는 일이라는 걸 알았지만, 쉽사리 정호의 의견에 반대할 수 없었다.

사성 그룹을 공식적으로 등에 업은 코끼리팩토리에 대항할 수 있는 유일한 방법이라는 걸 알았던 탓이었다.

자신이 내뱉은 말의 무게를 온몸으로 느끼며 정호가 말했다.

"쉽게 결정을 내릴 수 없는 일이라는 걸 압니다. 하지만 분명 장점이 많은 일입니다. 청월을 비롯한 뉴 아트 필름, 프롬 프로덕션의 힘을 합치고 예중태, 하기진 같은 한 분야의 대가랄 수 있는 사람을 포섭한다면 분명 시너지 효과를 낼 수 있을 테니까요."

윤 대표는 생각에 잠긴 채 잠자코 정호의 말을 들었다.

정호는 그런 윤 대표를 힐끗 쳐다본 뒤 말을 이었다.

"또한 힛 엔터테인먼트를 포섭할 수 있다면 당초의 계획대로 국내를 힛 엔터테인먼트에 맡기고 세계를 청월이 맡는 일도 가능해질 겁니다. 뿐만 아니라 MBS 사장도 이 일에 대한 긍정적인 답변을 내줄 가능성이 크고요. 이 모두를 묶기 위해서는 무엇보다 새로운 상위 브랜드가 필요합니다."

윤 대표가 다시 한 번 끙, 하고 신음 소리를 냈다.

민봉팔이 정호에게 눈짓을 줬다.

더 이상 윤 대표의 심기를 불편하게 하지 말라는 무언의 언질이었다.

정호도 알고 있었다.

이 일이 단시간에 결정을 내릴 수 있는 사안이 아니라는 것을.

정호는 천천히 자리에서 일어나며 말했다.

윤 대표에게 생각할 시간을 줄 요량이었다.

"생각할 시간이 필요할 테니 그만 일어나 보겠습니다. 저는 어떤 선택이 주어져도 최선을 다할 겁니다. 부담감 갖지 마시고 선택해 주시길 바라겠습니다."

정호가 그렇게 대표실을 떠나기 위해 움직이기 시작했고 민봉팔을 비롯한 나머지 이사들도 엉거주춤 자리에서 일어났다.

그때였다.

윤 대표가 입을 열었다.

"잠깐."

윤 대표의 목소리에 정호가 뒤를 돌아봤다.

윤 대표는 어떤 확신을 가진 눈초리로 서 있는 정호를 올려다보고 있었다.

정호가 속으로 생각했다.

'벌써 결정을 내리셨나 보군. 그렇지. 저게 나의 스승인 윤 대표님다운 눈빛이지.'

윤 대표를 가만히 쳐다보던 정호는 다시 돌아와 자리에 앉았다.

엉거주춤 일어나던 다른 이사들도 눈치껏 정호를 따라 자신의 자리로 돌아갔다.

잠깐의 침묵이 흘렀다.

잠깐이었지만 그 잠깐의 시간이 영겁처럼 느껴지는 무게를 가진 침묵이었다.

마침내 침묵을 깨며 윤 대표가 입을 열었다.

"오 이사의 뜻은 잘 알았네. 자네의 말대로 한다면 코끼리팩토리가 발족할 상위 협력 브랜드에 대항할 수 있겠지. 자네라면 분명 그렇게 만들 거고. 하지만 한 가지 의문이 드네."

윤 대표는 정말 궁금하다는 듯한 표정을 짓고 있었다.

정호가 물었다.

"그것이 무엇입니까?"

윤 대표가 옅은 미소를 지으며 대답했다.

"자네에 관한 것이네. 어째서 이러는 건가? 어째서 이렇게 조급한 거야?"

◇ ◆ ◇

윤 대표의 질문에 정호는 머리를 한 대 얻어맞은 듯한 기분이었다.

그랬다.

확실히 현재의 정호에게는 조급할 이유가 없었다.

코끼리팩토리가 상위 협력 브랜드를 만든다고 하지만 정호가 굳이 위험을 느낄 이유는 어디에도 없었다.

정호는 속으로 자신의 심정을 정리했다.

'윤 대표님의 말이 맞다. 사실 코끼리팩토리가 상위 협력 브랜드를 만든다는 정황만이 포착됐을 뿐 그것을 만들어 청월을 공격한다는 얘긴 아직 나오지 않고 있다. 그렇게 생각할 명확한 이유도 없고. 내가 너무 안일했어. 더 확실한 정보를 가지고 이 자리를 마련했어야 했는데…….'

정호가 생각을 정리하는 동안 윤 대표가 입을 열었다.

그리고 윤 대표의 말이 조급해지고 있던 정호의 마음을 편안하게 만들었다.

"너무 걱정하지 말게. 확실한 이유를 물어본 게 아니야. 나도 자네에게 확실한 이유가 있을 거라고 생각하지 않네. 다만 가끔 자네를 보면 그런 느낌을 받을 때가 있지. 마치 미래를 아는 듯한 느낌을 받을 때 말이야. 물론 당연히 자네가 미래를 볼 거라고 생각하지는 않아. 자네는 노스트라다무스가 아니니깐."

윤 대표의 말을 듣고 안심한 정호가 고개를 끄덕였다.

다행히 윤 대표는 정말 자신의 말대로 확실한 정황 같은 걸 묻고 있는 게 아닌 것 같았다.

윤 대표가 말을 이었다.

"내가 궁금한 것은 이것일세. 자네가 현재 어떤 종류의 불안함을 느끼고 있는지, 또 자네의 감이 현재 어떤 위험 신호를 보내고 있는지. 이게 궁금하네."

윤 대표의 말에 정호는 두 눈을 감고 빠르게 자신의 상태를 점검했다.

그리고 깨달았다.

자신이 지금…… 굉장히 두려워하고 있다는 것을.

정호가 감긴 두 눈을 뜨며 대답했다.

"윤 대표님을 비롯한 이곳에 모인 다른 이사들이 어떤 생각을 하고 있는지 모르겠습니다. 다만 한경수가 상위 협력 브랜드를 만드는 순간, 적지 않은 여파가 저희 청월에게도 미칠 거라는 걸 여러분도 아실 겁니다. 분명 한경수는 그러고도 남을 사람이니까요."

정호의 말에 대표실에 모인 모든 사람들이 동의하듯 고
개를 끄덕였다.

정호가 계속 말했다.

"하지만 제가 현재 느끼고 있는 불안함은 그런 막연한
것이 아닙니다. 만약 제 감을 믿으신다면 감히 말씀드리고
싶습니다. 한경수는 상위 협력 브랜드로 청월을 깨부수려
들 겁니다. 단순히 청월만이 아니라 자신이 최고의 자리에
오르는 데 장애물이 되는 모든 소속사들을 묵사발을 낼 것
이 분명합니다. 힘을 가진 한경수는…… 무서운 상대입니
다. 방금 눈을 감는 순간 제 앞에는 두려움이라는 코끼리가
보였거든요."

황 이사와 권 이사는 묵묵히 고개를 끄덕이는 것으로 정
호의 말에 동의했다.

하지만 민봉팔은 달랐다.

현재의 상황에 굉장히 놀라고 있었다.

윤 대표에게 상위 협력 브랜드를 제안했을 때보다 더 놀
란 눈치였다.

민봉팔은 속으로 이런 생각을 했다.

'정호가 무엇을 두고 무섭다고 말하는 건 처음이야. 미국
에서 토비 워커를 구하겠다고 나설 때도 저런 모습이 아니
었는데…….'

윤 대표도 민봉팔과 비슷한 생각을 하고 있었다.

신입 사원 때부터 정호를 눈여겨봤던 윤 대표였다.

그건 정호가 누군가를 두고 무섭다고 표현할 사람이 아니라는 걸 민봉팔만큼이나 잘 알고 있는 사람이라는 뜻이었다.

윤 대표가 담담하지만 놀라움이 섞인 어조로 말했다.

"자네가 그렇게 말하다니 놀랍군."

윤 대표의 말에 정호가 대답했다.

"저도 놀랍습니다. 제가 이런 말을 하게 될지 몰랐거든요."

정호의 말을 듣고 이번에 두 눈을 감은 사람은 윤 대표였다.

윤 대표는 두 눈을 감고 가만히 뭔가를 생각했다.

잠시 후, 감긴 두 눈을 뜨며 윤 대표가 말했다.

"어떤 상황인지 알겠네. 자네가 원하는 대로 하게. 청월은 상위 협력 브랜드와 하나가 될 거야."

윤 대표의 허락을 얻은 정호가 움직였다.

그사이 코끼리팩토리의 공식적인 발표가 나왔다.

코끼리팩토리, 아라 엔터테인먼트, 큐 엔터테인먼트, 메세나를 비롯한 7곳의 드라마 제작사와 6곳의 영화 제작

175

사가 통합된 상위 브랜드 '미네르바'의 발족을 발표한 것이었다.

뿐만 아니라 사성 그룹은 공식적으로 미네르바의 협력을 선언했다.

단순히 지원을 하는 수준이 아니라 어깨를 나란히 하는 기업으로 미네르바를 인정했다.

자연스럽게 미네르바의 지위를 격상시킨 셈이었다.

그러자 대한민국이 떠들썩해졌다.

청월과 3대 소속사 간의 힘겨루기에서 청월의 승리로 연예계의 판도가 굳어지는 사이 새로운 강자가 등장했기 때문이었다.

기존의 연예계 판도를 뒤엎는 엄청난 사건이었다.

[방금 소름 돋았다ㅋㅋㅋㅋ 그럼 더 이상 청월의 1강이 아닌 거냐?ㅋㅋㅋㅋㅋ]

[아니지ㅋㅋㅋㅋ 누가 봐도 이제 1강은 미네르바지ㅋㅋㅋㅋ]

[이런 식으로 판을 바꿀 생각을 하다니ㄷㄷㄷ]

[그렇다고 해도 청월한테 게임이 될까?ㅋㅋㅋ 청월이 이룬 업적이 몇 개인데?ㅋㅋㅋㅋ]

[ㅇㅇ솔직히 세계적인 위상은 청월 쪽이 압승이지]

[하지만 다음 일은 예측할 수 없다ㅋㅋㅋㅋ 사성 그룹까지 지원한다잖아ㅋㅋㅋㅋ]

[맞아ㅋㅋㅋ 아이돌 그룹 하나 데뷔시키고 최신 스마트폰에 아이돌 그룹 노래 넣으면 그냥 대박 나는 거야ㅋㅋㅋㅋ 홍보가 따로 필요 없음ㅋㅋㅋㅋㅋ]

[확실히 사성 그룹이랑 연계하면 할 수 있는 일이 너무 많네ㅋㅋㅋㅋ 광고만 해도 몇 십 개는 그냥 가져가는 거잖아ㅋㅋㅋㅋ]

[아직은 청월이 앞서는 게 사실이지만 금방 역전될 거임ㅋㅋㅋㅋ]

[괜히 국내 시장 잠식보다 해외 시장을 먼저 노린다는 게 아니지ㅋㅋㅋㅋ 국내는 손쉽게 잠식할 수 있다고 생각하는 거니까ㅋㅋㅋㅋ]

[청월은 무슨 소식 없음?ㅋㅋㅋ]

[무슨 소식?ㅋㅋㅋ 밀키웨이랑 강여운이 미네르바로 넘어간다는 소식?ㅋㅋㅋㅋ]

[대박…… 그렇게 되면 청월 망하는 거네?ㅋㅋㅋㅋ]

[무슨 소리예요! 아직 우리 지킬이 있거든요!]

[지해른, 박태식도 있거든요!]

[있으면 뭐 하냐ㅋㅋㅋㅋ 밀키웨이, 강여운 빠지면 끝나는데ㅋㅋㅋㅋ]

[밀키웨이랑 강여운이 빠질 리는 없음ㅋㅋㅋ 문화왕이 키운 사람들인데 어떻게 빠지겠어ㅋㅋㅋ]

[혹시 모르지ㅋㅋㅋ 문화왕이 미네르바로 갈 수도ㅋㅋㅋㅋ

청월은 이제 물 빠질 일만 남았잖아ㅋㅋㅋ]

연이어 청월의 미래에 대한 부정적인 전망이 쏟아졌다.

하지만 정호는 이런 반응들을 있는 그대로 받아들일 수밖에 없었다.

이대로 미네르바가 움직인다면 청월이 밀려날 것이 분명했기 때문이었다.

'간단히 말해서 미네르바는 성장을 위한 모든 걸 갖췄다. 자금력과 영향력만 따진다면 청월의 거의 세 배 수준이겠지. 이후에는 압도당할 수밖에 없어.'

하지만 그렇다고 해서 이런 상황에 정호가 위축된 것은 아니었다.

오늘 얘기만 잘 이뤄진다면 분명 정호와 청월에게도 기회가 있었기 때문이었다.

현재 정호가 만나러 가는 사람들은 다음과 같았다.

힛 엔터테인먼트의 조 대표, 프롬 프로덕션의 정 대표, 뉴 아트 필름의 황태준.

다시 말해서 정호는 지금 상위 협력 브랜드를 만들기 위한 초석을 다지고 있다는 뜻이었다.

'한경수가 뒤집어놓은 판도를 내가 다시 뒤집을 거다. 이대로 미네르바가 약진을 하게 놔두지 않을 거야.'

매니지먼트

16장. 상위 통합 브랜드의 총 대표.

제왕

정호가 미팅 장소에 도착하자 세 사람이 정호를 반겼다.

앞서 밝힌 대로 세 사람은 다름 아닌 힛 엔터테인먼트의 조 대표, 프롬 프로덕션의 정 대표, 뉴 아트 필름의 황태준 이었다.

먼저 입을 연 사람은 정호와 가장 인연이 깊다고 할 수 있는 정 대표였다.

"오늘의 주인공이 드디어 등장하셨군. 과연 무슨 말을 꺼내기 위해 우리 세 사람을 불렀을까?"

미국에서 힘든 시기를 함께 겪으며 정 대표만큼이나 정 호와의 인연이 깊어진 황태준이 말을 받았다.

"무슨 말이긴요, 빤하지. 저도 뒤늦게 미네르바의 소식을 들었습니다. 충격적이더군요. 묶여도 하필이면 그렇게 묶이다니."

두 사람에 비하면 정호와의 친분이 전무하다고 할 수 있는 조 대표는 얌전히 정호를 반겼다.

"오셨군요. 반갑습니다, 오 이사님."

그렇게 네 사람이 인사를 나눈 뒤 자리에 앉았다.

미팅 장소인 힛 엔터테인먼트의 대표실에는 어색한 침묵이 감돌았다.

황태준이 침묵을 깨기 위해 입을 열었다.

"그나저나 대표실을 굉장히 잘 꾸며놓으셨군요. 효율을 중시한 디자인이 무척이나 인상적입니다. 명패는 오동나무로 만든 건가요?"

하지만 조 대표는 소리 없이 웃을 뿐 황태준의 말에 대답하지 않았다.

황태준이 어색한 침묵을 깨기 위해 입을 연 것을 다 안다는 눈치였다.

그러자 옆에 있는 정 대표가 황태준을 타박했다.

"얌전히 좀 있어. 괜히 같이 있는 사람들 더 어색하게 만들지 말고. 오동나무라니 내가 다 창피하다."

황태준이 대답했다.

"아니, 뭐…… 분위기가 너무 어색해서……."

그런 황태준을 정호가 구해줬다.

정호가 큰 소리로 웃으며 말했다.

"하하하. 황 대표가 괜히 저 때문에 타박을 들었군요. 얼른 본론으로 들어가야겠습니다."

정 대표가 정호의 말에 대꾸했다.

"그래, 그래. 얼른 본론으로 들어가자. 지금 무슨 말 나올지 예상하지 못할 사람이 여기 따로 있겠어?"

정호가 웃음기 머금은 표정으로 대답했다.

"그렇죠. 여기 있는 분들이라면 모인 사람들의 면면만을 보고도 어떤 얘기가 나올지 예상하셨을 겁니다. 네, 그렇습니다. 예상하셨던 대로 청월은 지금 상위 통합 브랜드를 준비하고 있습니다."

정호의 말을 듣고 자리에 모인 사람들의 표정이 설핏 굳어졌다.

예상을 했다지만 실제로 얘기를 듣는 건 달랐기 때문이었다.

그중에서도 가장 표정이 굳어진 사람은 조 대표였다.

힛 엔터테인먼트는 얼마 전까지만 해도 3대 소속사와 함께하며 청월을 견제했던 대상이었으니 이 상황이 껄끄러울 수밖에 없었다.

또한 여기 모인 다른 사람들에 비해 청월과의 접점이 가장 없기도 했고.

굳은 표정을 하고 있던 조 대표가 정호를 향해 물었다.

"바보 같은 질문이라는 걸 알지만 반드시 짚고 넘어가고 싶군요. 꼭 상위 통합 브랜드를 준비해야 합니까?"

조 대표는 정호를 향해 물었지만 조 대표의 말에 대답한 것은 정 대표였다.

"확실히 일을 진행하기 전에 꼭 가져야 할 의문입니다. 저도 처음에 오 이사의 전화를 받고 굳이 상위 통합 브랜드를 만들지 않고도 미네르바를 충분히 견제할 수 있지 않을까 생각했거든요."

정 대표의 말을 들으며 자신도 그랬다는 듯 황태준이 고개를 끄덕였다.

정 대표가 계속 말을 이었다.

"하지만 한 가지 기사를 보고 난 후에는 생각이 바뀌었습니다. 혹시 이 기사를 보셨습니까?"

정 대표가 자신의 품에서 스마트폰을 꺼내 조 대표에게 건넸다.

그곳에는 미네르바의 총 대표 자리에 오른 한경수의 인터뷰 기사가 띄워져 있었다.

─기자: 미네르바의 탄생 계기는 무엇입니까?

─한경수: 미네르바라는 상위 통합 브랜드를 생각하게 된 계기는 조금 독특합니다. 한 회사의 행보가 너무나도 과도하게 미화되었다는 생각에서 시작됐기 때문입니다. 연예

계에 종사하는 사람이자 한 연예인 소속사의 대표로서 항상 그 회사의 행보가 도를 지나친다고 생각했습니다. 그리고 어느 순간 그 미화가 일종의 폭정이 되어 돌아오는 걸 목격했죠.

—기자: 그 회사 어디인지 대충 예상이 가는군요. 하지만 어떤 점에서 그 회사가 폭정을 부렸다는 것인지는 알 수 없습니다. 자세히 말씀해 주실 수 있나요?

—한경수: 흔히 사람들은 아라 엔터테인먼트와 큐 엔터테인먼트가 그 회사를 먼저 공격했다고 착각합니다. 그건 사실이 아닙니다. 먼저 공격한 쪽은 그 회사였습니다. 아라 엔터테인먼트에는 드라마 시장 독점이라는 누명을 씌웠고, 〈로스트 퓨처〉와의 라이벌 구도로 큐 엔터테인먼트의 입지를 흔들었죠. 그게 바로 그 회사의 실체입니다.

—기자: 하지만 그건 아라 엔터테인먼트와 큐 엔터테인먼트 쪽에서 먼저 그랬던 것이 아닙니까?

—한경쉬: 이렇게 생각하도록 만든다는 게 그 회사의 대단하고 무서운 점입니다. 전부 그렇게 생각하게 만들었어요. 하지만 그건 사실이 아닙니다. 연예계에 종사하고 있는 사람이라면 은연중에 사실을 알고 있을 겁니다. 여러분도 그런 생각을 품었을 거고요. 한 회사가 계속해서 피해자가 되는 게 말이 된다고 생각합니까? 그래요. 맞습니다. 말이 되질 않습니다. 결국 이런 일을 계획하고 먼저 뒤에서 공격을 시작

한 것은 그 회사였습니다. 아라 엔터테인먼트와 큐 엔터테인먼트를 비롯한 수많은 회사들이 미네르바에 합류하여 그 회사에 대항한다는 것만으로도 쉽게 유추해낼 수 있는 사실입니다.

한경수의 인터뷰 기사 아래로는 청월이 진짜 그런 일을 벌인 게 맞는지에 대한 갑론을박이 댓글로 이어지고 있었다.

그리고 생각보다 많은 사람들이 청월에 대한 부정적인 의견을 내고 있었다.

댓글까지 살펴본 조 대표의 표정이 심각해졌다.

조 대표가 입을 열었다.

"청월을 오랫동안 시기하고 질투한 사람들이 여기에 모두 모였군요. 여론을 조작하는 한경수의 수가 굉장히 교묘합니다."

조 대표의 말에 정 대표가 대꾸했다.

"교묘할 뿐만이 아니죠. 한경수는 이런 식으로 청월을 압박하면서 청월과 연결된 회사들에 벌써 공격을 가하고 있습니다."

정 대표의 말을 듣고 조 대표가 깜짝 놀라며 물었다.

"벌써요? 그렇게나 일을 빠르게 진척시키고 있습니까?"

황태준이 끼어들었다.

"정 대표님의 말이 사실입니다. 벌써 많은 감독들과 시나리오 작가들이 사실 규명을 촉구하며 뉴 아트 필름과의 계약 해지를 요청하고 있습니다. 아마 이런 사정은 프롬 프로덕션도 마찬가지일 겁니다."

정 대표가 고개를 끄덕이며 황태준의 말을 받았다.

"이럴 때 가장 만만한 것이 제작사이니까요."

명실공히 대한민국 최고의 영화 제작사인 뉴 아트 필름과 대한민국 최고의 드라마 제작사인 프롬 프로덕션이었지만 물량 앞에서는 장사가 없었다.

미네르바는 6곳의 영화 제작사와 7곳의 드라마 제작사를 품은 상태였기 때문이었다.

조 대표가 질렸다는 표정을 지으며 말했다.

"이런 식으로 공세가 이어질 거라고는 생각했지만······ 이렇게 빠르게 움직일 거라고는 상상도 못 했습니다. 추진력이 엄청나군요."

정호가 고개를 끄덕이며 대꾸했다.

"코끼리팩토리 시절부터 한경수의 추진력은 대단했습니다. 다만 그 방향성이 더럽고 추잡하다는 문제점이 있었지만요. 이제 곧 그 더럽고 추잡한 공세가 소속사를 향할 겁니다. 청월과 힛 엔터테인먼트가 공격을 받을 일도 얼마 남지 않았다는 뜻이지요."

◇ ◆ ◇

상황이 여기까지 정리되자 상위 통합 브랜드를 발족시키는 쪽으로 이야기가 급물살을 탔다.

특히 프롬 프로덕션의 정 대표나 뉴 아트 필름의 황태준은 이미 가족이나 다름없는 사이였다.

청월이라는 뿌리가 같았고 심지어 수많은 작품을 한 회사처럼 움직여서 제작한 바가 있었기 때문이었다.

그렇게 상위 통합 브랜드에 대한 계획 논의는 뉴 아트 필름과 프롬 프로덕션의 합류를 기정사실화한 채 이뤄졌다.

"이번 일을 계기로 중태 씨와 기진 씨의 합류도 이뤄지면 좋겠군요. 능력도 능력이지만 사회적 영향력 있는 언론인과 컨설턴트를 확보한다는 건 대단한 장점이 될 것입니다."

"MBS 쪽은 어때? 방송국의 힘을 얻을 수 있다면 좋을 것 같은데. 오 이사가 MBS 사장이랑 굉장히 인연이 깊은 편 아닌가? 한번 접촉해 보자고."

먼저 황태준이 제안한 예중태와 하기진의 합류 건은 이미 정호와 합의를 끝낸 상태였다.

기회가 없었을 뿐 두 사람은 언제나 정호와 힘을 합치고 싶어 했기 때문에 두 사람의 합류를 결정하는 것은 전혀 어렵지가 않았다.

하지만 정 대표가 제안한 MBS의 건은 조금 더 논의를 해볼 필요가 있었다.

방송국의 힘을 얻을 수 있다면 좋겠지만 과연 MBS 쪽에서 리스크를 짊어질 생각을 할지가 미지수였다.

청월과 손을 잡을 경우 코끼리팩토리, 아라 엔터테인먼트, 큐 엔터테인먼트, 메세나에 소속된 연예인들이 전부 MBS에 출연하지 않을 가능성이 높았기 때문이었다.

정호가 이 점을 주지시켰다.

"청월의 연예인들이 소속사 네 곳의 힘을 합친 것보다 질적으로 더 훌륭한 것이 사실입니다. 하지만 청월의 연예인이 방송국 하나를 커버할 정도의 양이 되는 것은 아닙니다. 어찌어찌 한두 달은 막을 수 있겠지만 그 이후가 문제겠죠."

청월의 사정을 정호만큼이나 잘 알고 있는 정 대표가 정호의 말을 받았다.

"확실히 청월의 연예인이 그 정도의 숫자가 되는 것은 아니지. 다만 그 부분은 미네르바에 소속되지 않은 다른 연예인들로 어느 정도 커버가 가능할 거야. 미네르바의 발족으로 피해를 보는 것은 작은 규모의 소속사들도 마찬가지니깐."

황태준이 고개를 끄덕이며 입을 열었다.

"작은 규모의 소속사들이 보유한 연예인을 활용한다면

좋겠군요. 저희의 상위 통합 브랜드에 소속시킬 수는 없겠지만 MBS의 힘을 얻고 그들과의 공생을 표방한다면, 여론이 우린 쪽 손을 들어줄 가능성도 높아질 거고요. 다만 그래도 청월에 비견할 만한 소속사가 하나 더 필요한 것이 사실이에요. 그래야 국내 시장을 순조롭게 마크하면서 세계 시장에서 미네르바와 경쟁할 수 있을 테니까요."

황태준의 말이 끝나자마자 힛 엔터테인먼트 대표실에 모인 사람들의 시선이 조 대표를 향했다.

지금껏 얌전히 있었지만 이제 결정을 내릴 시간이었다.

정호가 준비하고 있는 상위 통합 브랜드에 힛 엔터테인먼트가 합류할지, 말지를.

잠자코 사람들의 시선을 받던 조 대표가 무겁게 닫혀 있던 입을 천천히 열었다.

"힛 엔터테인먼트는…… 오 이사님이 준비하고 있는 상위 통합 브랜드에 합류할 겁니다."

조 대표의 말에 힛 엔터테인먼트 대표실에 모인 사람들의 표정이 일제히 밝아졌다.

하지만 조 대표의 말은 이게 다가 아니었다.

조 대표는 한 가지 조건을 달았다.

"다만 단 한 가지 조건이 있습니다."

정호가 조 대표에게 물었다.

"조건이 무엇입니까?"

조 대표가 다시 말을 고르듯 침묵했다.

그러고는 잠시 후, 대답했다.

"제 조건은…… 상위 통합 브랜드의 총 대표를 오 이사님이 맡아 달라는 겁니다."

17장. 컬처 필드

조 대표의 말을 듣고 황태준이 정호를 보며 대꾸했다.

"그 생각을 안 하고 있었군요. 어떻게 생각하십니까, 오 이사님?"

정호는 당황했다.

이야기가 이렇게 흘러갈 거라고는 전혀 생각하지 못한 탓이었다.

"어, 어…… 아무래도 총 대표는 윤 대표님이나 정 대표님이 맡는 게 낫지 않겠습니까……?"

정호의 말에 정 대표가 고개를 저었다.

"그건 좋은 생각이 아닌 것 같은데? 방금 조 대표님이 선언하신 대로 나나 윤 대표님이 총 대표가 되면 힛 엔터테인먼트는 상위 통합 브랜드에 합류하지 않을 테니깐."

정호가 여전히 당황한 채로 말했다.

"하, 하지만 이사인 제가 어떻게 바로 총 대표의 자리에 오를 수 있겠습니까? 차라리 조 대표님이 총 대표 자리에 오르는 것이……."

정호의 말을 들으며 조 대표가 하하하, 크게 소리를 내어 웃었다.

"오 이사님이 많이 당황하셨군요. 그게 말이나 되는 소리입니까? 제가 총 대표 자리에 오르는 것이야말로 아무런 명분이 없는 것인데요. 저도 제 주제 정도는 잘 알고 있습니다."

정 대표와 황태준이 조 대표의 말에 동의한다는 듯 고개를 끄덕였다.

그러고는 황태준이 말을 받았다.

"확실히 어떤 식으로 생각해도 오 이사님이 총 대표 자리에 오르는 게 낫겠군요. 그리고 이사가 총 대표 자리에 오른 경우는 이미 있지 않습니까?"

누굴 말하는 것인지 모두가 금세 눈치 챘다.

이사의 자리에서 순식간에 상위 통합 브랜드의 총 대표 자리에 올라간 인물은 다름 아닌 한경수였다.

정 대표가 말했다.

"그렇군. 한경수가 이렇게 도움을 주는 때도 있군."

여기까지 정호는 돌아가는 분위기가 심상치 않음을 느꼈다.

이대로라면 정말 자신이 총 대표 자리에 올라야 할 것 같았다.

총 대표가 되기 싫은 건 아니었지만 모양새 부분에서 정호는 그걸 원하지 않았다.

그렇기 때문에 자신의 태도를 확실히 하려고 입을 열었다.

"이거 역시 말로는 못 당할 분들이군요. 확실히 해야겠습니다. 저는 윤 대표님이 계시는 이상 절대 총 대표 자리에 오를 수 없습니다. 조 대표님도 이해해 주십시오. 윤 대표님이야말로 상위 통합 브랜드의 총 대표로 어울리는 분이니까요."

정호의 말을 듣고 정 대표가 흐뭇한 미소를 지었다.

자신의 스승이라고 할 수 있는 윤 대표를 칭찬하니 웃음이 나오지 않을 수 없었던 것이었다.

하지만 왠지 정호는 정 대표의 미소에서 불안한 느낌을 받았다.

정호의 불안함을 확신으로 바꾼 것은 정 대표의 이어지는 말이었다.

"그렇다면 더더욱 오 이사가 총 대표 자리에 올라야겠는걸?"

정호가 반문했다.

"네? 그게 무슨 소리입니까? 윤 대표님이 계신 이상 저는 총 대표 자리에 오를 수 없다니까요."

정 대표가 다시 한 번 진한 미소를 지으며 대꾸했다.

"아니, 올라야 할 거야. 왜냐하면 윤 대표님도 오 이사가 총 대표 자리에 오르면 좋겠다고 하셨거든."

◇ ◆ ◇

뒤로 물러날 곳이 없었다.

미팅 장소로 오면서 정 대표가 이미 윤 대표와 말을 맞춰둔 상태였기 때문이었다.

'절대 불가.'를 외치던 정호도 전화까지 걸어서 윤 대표의 의사를 확인하자 항복을 선언할 수밖에 없었다.

"휴…… 철저하군요. 혹시 조 대표님까지 이 상황을 위해 말을 맞추신 겁니까?"

정호의 질문에 조 대표가 웃으며 답했다.

"아닙니다. 저도 정 대표님이 윤 대표님과 이런 일을 꾸몄다는 걸 이곳에 와서야 알았거든요. 다른 분들도 저와 마음이 맞은 모양입니다."

조 대표의 말을 황태준이 받았다.

"맞습니다, 오 이사님. 각 회사의 모든 대표들이 '총 대표 오정호'의 행보를 기대하고 있어요. 그러니깐 모두의 바람대로 총 대표 자리에 오르세요."

그렇게 정호는 등이 떠밀려 신규 통합 브랜드의 총 대표 자리에 오르기로 했다.

그리고 자연스럽게 힛 엔터테인먼트의 신규 통합 브랜드 합류도 확정됐다.

황태준이 입을 열었다.

"이제 여기서 정할 수 있는 것은 하나뿐이군요."

정 대표가 의아해하며 물었다.

"또 정할 수 있는 게 있어? 다 정한 거 아닌가?"

황태준이 대꾸했다.

"신규 통합 브랜드의 이름을 정해야죠. 이름을."

정 대표가 무릎을 탁, 치며 장난기 어린 목소리로 정호에게 물었다.

"무엇이 좋을까요, 총 대표님?"

정호가 난감해하며 대답했다.

"어울리지도 않는 존댓말에 심지어 아직 정식으로 오르지도 않은 호칭을 입에 담으시는군요."

정 대표가 어깨를 으쓱거리며 답했다.

"존댓말이야 그렇다고 할 수 있지만 어차피 모두가 인정하는 총 대표 오정호 아닌가."

정호가 손사래를 치며 말했다.

"됐습니다. 무슨 말을 해도 장난을 치실 것 같군요. 다행히 신규 통합 브랜드의 이름으로 정해놓은 것이 하나 있습니다."

조 대표가 흥미가 가득한 눈으로 물었다.

"그게 뭡니까?"

정호가 대답했다.

"그것은 바로 '컬처 필드'입니다."

정호의 대답을 듣고 사람들이 잠시 생각에 빠졌다.

컬처 필드라는 상위 통합 브랜드의 이름이 괜찮은지 고민하는 눈치였다.

먼저 생각을 정리하고 입을 연 사람은 정 대표였다.

"나는 개인적으로 나쁘지 않은 것 같아. 처음에는 컬쳐(Culture)와 필드(Field)를 섞은 게 너무 직관적인 건 아닌가 생각했지만 차라리 이럴 때는 직관적인 게 낫다는 생각이 들어."

조 대표도 긍정적인 의견을 꺼냈다.

"미네르바보다는 훨씬 나은 것 같습니다. 문화 전반을 아우른다는 점에서 미네르바와 컬처 필드는 큰 차이점이 없지만 미네르바 쪽이 조금 더 강압적인 느낌이 들었거든요. 미네르바는 신이니까요. 그에 반해 컬처 필드는 마치 모든 문화와 관련된 회사가 마음껏 뛰놀 수 있는 놀이터 같은 느낌이군요."

황태준 또한 고개를 끄덕이며 입을 열었다.

"저도 조 대표님 의견에 동의합니다. 스스로를 신이라고 지칭하는 미네르바 같은 이름보다는 훨씬 좋아요. 조금 단순한 면이 없지 않지만 어차피 총 대표는 오 이사님이니 오 이사님의 뜻을 따라야겠지요."

정호가 말했다.

"뭐야, 그건. 좋다는 거야, 싫다는 거야?"

황태준이 대답했다.

"싫은 점도 있지만 좋은 점이 더 많다는 얘기입니다. 계속 불러서 익숙해지면 더 좋아지겠죠, 뭐."

황태준의 너스레에 어쩔 수 없다는 듯 정호가 고개를 절레절레 저었고 다른 사람들이 웃음을 터뜨렸다.

그렇게 상위 통합 브랜드의 이름과 상위 통합 브랜드의 총 대표가 결정됐다.

◇ ◆ ◇

컬처 필드의 총 대표가 되기로 결정된 정호가 다음으로 할 일을 위해 움직였다.

다음으로 할 일은 MBS 사장과 접촉하는 것이었다.

'청월, 힛 엔터테인먼트, 뉴 아트 필름, 프롬 프로덕션의 합류가 결정됐지만 여전히 미네르바에 비하면 물량 쪽으로 힘이 약한 것이 사실이다. 그렇기 때문에 MBS를 반드시

얻어내야 해. 그래야만 미네르바에 대항할 수 있는 힘을 얻을 수 있다.'

MBS의 힘을 얻는다고 해도 사성 그룹이 위협적인 것은 사실이었다.

하지만 그렇다고 해서 MBS를 놓칠 수는 없었다.

MBS를 놓친다면 미네르바에 대항할 최소한의 여지조차 사라지는 것이나 다름없었다.

게다가 MBS를 얻는다면 사성 그룹에 대항할 힘을 얻을 수도 있었다.

그것은 바로 MBS 사장의 신분 때문이었다.

'MBS 사장은 겉으로는 한 방송국의 사장에 불과하지만 사실 대기업의 후계자 중에 한 사람이다. 사성 그룹의 한 수 아래라고 평가받긴 하지만 TG 그룹의 후계자이지.'

후계자가 한경수뿐인 사성 그룹과는 달리 TG 그룹에는 여러 후계자가 있었다.

그렇기 때문에 MBS 사장의 협력을 얻는다고 해서 TG 그룹의 전폭적인 지원을 얻는다고 장담할 수는 없었다.

'하지만 MBS 사장이 컬처 필드에 합류하면 TG 그룹도 약간이나마 지원을 할 수밖에 없을 것이다. TG 그룹에게도 컬처 필드는 사성 그룹과 미네르바를 견제할 좋은 수단이 될 테니까.'

게다가 TG 그룹이 아무런 지원을 해주지 않아도 괜찮았다.

TG 그룹이 뒤에 있다는 것만 알아도 사성 그룹은 조심할 것이 분명했기 때문이었다.

'그렇게 사성 그룹의 발만 어떻게든 묶을 수 있다면 컬처 필드는 미네르바와 정면 대결을 펼칠 수 있다. 여기서부터는 자신이 있어.'

사성 그룹의 발을 묶는다고 해도 총 열일곱 개의 회사가 의기투합하여 탄생한 미네르바의 덩치가 컬처 필드보다 더 크긴 했다.

하지만 그럼에도 불구하고 정호는 컬처 필드의 승리를 확신했다.

미네르바에 소속된 어느 곳의 회사도 정호를 지금껏 단 한 번도 이기지 못했기 때문이었다.

'또 한경수를 중심으로 뭉친 회사이기 때문에 언제든 무너질 수 있다.'

정호가 그렇게 승리를 가져올 만한 요소들을 정리하며 MBS 사장실을 향해 걸었다.

잠시 후, 정호는 MBS 사장과 만날 수 있었다.

MBS 사장 옆에는 MBS 사장의 오른팔이라고 할 수 있는 김 PD도 함께했다.

딱히 부담스럽지는 않았다.

두 사람 다 정호와는 적지 않은 인연이 있는 사람들이었기 때문이었다.

오히려 두 사람을 만나니 왠지 마음이 편해졌다.

"반갑습니다, 송 사장님. 반가워요, 김 PD님."

정호는 송 사장, 김 PD와 차례로 악수를 하며 인사를 나눴다.

그렇게 간단히 안부를 묻는 시간이 지나가고 본격적인 애기가 시작됐다.

본격적으로 애기를 진행시킨 사람은 송 사장이었다.

이곳에 오기 전 정호가 조 대표, 정 대표, 황태준을 만났다는 걸 알고 있는 송 사장이 물었다.

"어떻게 일은 잘 마무리되셨습니까?"

송 사장의 질문에 정호가 답했다.

"물론입니다. 오랜 고민이 필요할 거라고 여겨졌던 조 대표님조차도 흔쾌히 합류 의사를 내비치셨습니다."

정호의 말을 받은 것은 뜻밖에도 김 PD였다.

김 PD는 진한 미소를 지으며 말했다.

"저희도 들었습니다."

"네? 들었다고요?"

정호의 질문에 김 PD가 고개를 끄덕이며 답했다.

"네. 조 대표님이 말씀해 주셨거든요. 사실 조 대표님은 저희 사장님과 친분이 깊은 편입니다."

정호는 전혀 알지 못했던 사실이었다.

하지만 거대 소속사의 대표가 방송국 사장과 안면이 없는 게 더 이상한 일이었다.

친분이 있다는 것은 의외이긴 했지만.

정호의 의아해하는 표정을 본 것인지 송 사장이 하하하, 웃으며 말했다.

"조 대표와는 미국에서 같이 학교를 다닌 사이입니다. 최근에는 그렇게까지 사이가 좋지 않았지만요."

정호가 반문했다.

"아, 그렇습니까?"

그러자 송 사장이 너스레를 떨며 답했다.

"네. 다른 소속사들과 작당하여 청월을 못살게 구는 꼴이 마음에 들지 않았거든요."

"그러셨군요. 감사합니다."

정호가 선뜻 감사 인사를 하자 송 사장이 손사레를 쳤다.

"아니, 아닙니다. 딱히 대단히 뭔가를 도와드린 것도 아닌걸요. 어쨌든 조 대표와는 요즘 사이가 다시 좋아졌습니다. 청월과 일을 시작한 것이 마음에 들었거든요. 게다가 그 친구가 과도하게 실리를 추구할 때가 있지만 사람 자체가 나쁘지는 않습니다. 오히려 잔정이 많은 친구지요."

정호가 웃으며 대답했다.

"알고 있습니다. 좋은 분이지요."

송 사장이 고개를 끄덕였다.

그러고는 말을 이었다.

"아무튼 그런 연유로 조 대표에게 아까 있었던 일을 미리 전해 들을 수 있었습니다. 그리고 오 이사님이 이곳으로 오는 동안 김 PD와의 상의 끝에 합의를 마친 상태였습니다. 결론부터 말씀드리죠. 저희는······ 컬처 필드에 합류하겠습니다.

매니지먼트 제왕

18장. 중국행 비행기

예상치 못한 빠른 결정이었다.

정호로서는 큰 힘을 들이지 않고 좋은 협력자를 얻었다고 할 수 있었다.

하지만 송 사장은 MBS의 입장을 확실히 했다.

"하지만 MBS가 모든 걸 내려놓고 새로운 통합 브랜드의 밑으로 들어가는 건 어려울 것 같습니다."

송 사장의 말에 정호가 고개를 끄덕였다.

방송국이 한 회사의 밑으로 들어간다면 이익보다 불이익이 클 수밖에 없다는 걸 정호도 알고 있었기 때문이었다.

정호가 대꾸했다.

"아마도 그럴 거라고 생각했습니다. 그럼 MBS는 사성 그룹과 같은 위치에 설 생각입니까?"

정호의 질문은 공식적으로 미네르바에 협력하겠다고 선언한 사성 그룹과 같은 위치에서 컬처 필드를 돕겠냐는 것이었다.

송 사장이 고개를 끄덕이며 대답했다.

"그럴 생각입니다. 그게 MBS가 새로운 통합 브랜드를 도울 수 있는 가장 현실적인 방식일 겁니다."

나쁘지 않았다.

그것만으로도 컬처 필드가 취할 이득은 다 챙길 수 있었다.

우선 방송국 하나의 전폭적인 지원을 받는다는 것은 영원히 사라지지 않을 '문화 공간'을 확보하는 것이나 다름없었다.

컬처 필드가 원한다면 언제든 MBS의 편성을 따낼 수 있었기 때문이었다.

그건 다시 말해서 예능, 드라마, 시사 부분에서 강점을 가질 수 있다는 뜻이었다.

또한 방송국으로서의 MBS의 기능도 충분히 활용할 수 있었다.

사성 그룹의 영향력이 대단하긴 하지만 방송국이라는 것은 방송국만의 장점이 있었다.

그것은 어떤 분야보다 쉽게 시청자에게 접근할 수 있다는 사실이었다.

게다가 MBS는 공중파로 분류되는 방송국인 만큼 다양한 연령층의 여론을 한데 모을 수 있었다.

그에 반해 사성 그룹은 자신들의 영향력을 활용하려면 방송국보다는 조금 복잡한 시스템을 거칠 수밖에 없었다.

뿐만 아니라 앞서 밝힌 바 있듯이 MBS 사장의 지지를 받는다는 것은 TG 그룹의 지지를 받는다는 것과 거의 동일했다.

굳이 TG 그룹의 전폭적인 지원을 받지 않아도 TG 그룹이 뒤에 있다는 것만으로도 사성 그룹에게 어느 정도 압박감을 심어줄 수 있었다.

그렇게 된다면 사성 그룹의 행동에는 제약이 걸릴 수밖에 없었다.

'이것만으로도 충분하다. 사성 그룹의 움직임에 제약이 걸리면 컬처 필드와 미네르바의 정면 대결이 될 테니깐.'

생각을 정리한 정호가 만족했다.

동시에 송 사장에 대한 고마움을 느꼈다.

'선뜻 대답했지만 이 정도의 지원을 결심하는 것은 쉽지 않은 결정이었을 거다. 컬처 필드와의 협력을 공식적으로 선포하면 분명 MBS는 안팎으로 시달릴 테니깐. 특히 미네

르바에 소속된 수많은 연예인들, 제작사들과 일을 하지 못한다는 점은 큰 타격이 되겠지.'

그런 불리함에도 불구하고 MBS는 정호의 손을 들어준 셈이었다.

그러니 송 사장에게 고마울 수밖에 없었다.

정호는 자리에서 일어나 송 사장에게 손을 내밀며 말했다.

"최대한 MBS에게 피해가 가지 않도록 저희도 작은 규모의 소속사들과 제작사들에게 적극적으로 접촉해 보겠습니다."

송 사장 역시 자리에서 일어나 정호의 손을 맞잡으며 대답했다.

"그래 주신다면 감사하죠. 하지만 그보다 꼭 부탁드립니다. 연예계에 더러운 술수들이 더 이상 뻗어 나가지 않도록 반드시 이겨주세요, 미네르바를."

정호가 진한 미소를 지으며 화답했다.

"물론입니다. 컬처 필드는 절대지지 않을 겁니다."

얼마 후, 컬처 필드가 공식적으로 발족됐다.

청월 엔터테인먼트, 힛 엔터테인먼트, 뉴 아트 필름, 프롬 프로덕션이 손을 잡은 상위 통합 브랜드라는 사실이 언론에 공개됐고, MBS가 협력 및 지원을 아끼지 않겠다는 발표도 했다.

또한 예중태, 하기진이라는 알 만한 사람이라면 다 아는 유명 인사가 컬처 필드에 합류했다는 소식 역시 빠뜨리지 않고 전했다.

의외인 것은 TG 그룹이 한 타이밍 늦게 컬처 필드에 협력을 아끼지 않겠다고 발표를 한 점이었다.

'송 사장이 힘을 실어줬겠지. TG 그룹 회장에게 전화가 왔을 때 어찌나 놀랐는지……'

컬처 필드 발족의 공식 발표만을 앞뒀을 때였다.

예중태, 하기진과 이사실에서 앞으로의 미래에 대해 얘기를 나누고 있던 정호는 갑자스레 걸려 온 TG 그룹 회장의 전화를 받았다.

어찌나 급했는지 이사실 문을 벌컥 열고 들어온 서 비서가 전화기를 가리키며 다급한 어조로 말했다.

"TG 그룹 회장이요! TG 그룹 회장!"

정호는 어리둥절해하며 서 비서의 손짓에 따라 전화를 받았고 뜻밖의 목소리와 조우해야 했다.

"반갑소. TG 그룹의 회장, 송인환이요."

"아, 네? 네?"

송 회장은 송 사장의 부탁을 받았다는 걸 순순히 밝히며 컬처 필드와의 협력을 약속했다.

협력이라는 것은 그리 대단하진 않았다.

새로 출시하는 제품의 모든 광고에서 미네르바 소속 연예인을 제외하겠다는 조건 정도였다.

모든 광고 모델을 컬처 필드 소속 연예인으로 하겠다는 약속이었다면 더할 나위 없이 좋았겠지만 이것만으로도 충분히 좋은 조건이었다.

중요한 것은 사성 그룹에 밀리지 않을 만한 든든한 뒷배가 컬처 필드에게 있다는 걸 세상에 알리는 것이었다.

그리고 송 회장이 컬처 필드에 제안한 조건도 합리적이었다.

아니, 합리적이다 못해 조금은 예상 밖의 조건이었다고 해야 했다.

"이 조건과 관련하여 TG 그룹이 컬처 필드에게 요구하는 것은 단 하나요. 부탁하건데, 우리 송 사장을 앞으로도 잘 부탁드린다오."

정호는 누가 누굴 잘 부탁한다는 것인지 잘 알아듣지도 못한 채 이 조건을 받아들였다.

그리고 전화를 끊고 나서야 겨우 송 회장이 말한 의미를 깨달았을 수 있었다.

그건 손자를 도운 은인에 대한 친할아버지의 '당부' 였던 것이다.

사람과의 관계가 얼마나 중요한지를 다시 한 번 일깨워 주는 사건이었다.

'어쨌든 송 사장 덕분에 좋은 패는 모두 갖춰졌다.'

그렇게 컬처 필드가 세상에 그 모습을 드러냈다.

TG 그룹이라는 든든한 뒷배마저도 확실히 갖춘 채.

◇ ◆ ◇

컬처 필드 발족 발표와 동시에 여론이 뜨거워졌다.

[ㅋㅋㅋㅋㅋ미네르바의 대항마?ㅋㅋㅋㅋ]

[물거품이 된 미네르바의 꿈ㅋㅋㅋㅋㅋ]

[이쪽도 만만치 않구나ㅋㅋㅋ 대한민국 최고의 제작사 둘을 다 끌어왔네ㅋㅋㅋㅋ]

[제작사 둘은 이쪽 사람이라면 대충 예상할 수 있었던 범위임ㅋㅋㅋㅋ 하지만 MBS 사장 건은 개의외인데?ㅋㅋㅋㅋ]

[TG 그룹이야말로 의외 오브 더 의외ㅋㅋㅋㅋ]

[청월과 힛 엔터테인먼트가 함께 움직이는 것을 보고도 난 놀랐는데?ㅋㅋㅋ 지킬과 하이드는 라이벌 보이 그룹 아니었어?ㅋㅋㅋㅋㅋ]

[무슨 소리야ㅋㅋㅋㅋ 지킬과 하이드가 형제 그룹이라는 건 이제 아는 사람은 다 아는 얘기인데ㅋㅋㅋㅋㅋ]

[둘은 애초에 라이벌도 아니었음ㅋㅋㅋㅋㅋㅋㅋ 홍보 전략일 뿐ㅋㅋㅋㅋㅋㅋ]

[그래도 여전히 미네르바의 파워가 더 세지 않음?ㅋㅋㅋㅋ 숫자에서 너무 밀리잖아ㅋㅋㅋ]

[ㄴㄴ컬처 필드 쪽이 더 알짜배기임ㅋㅋㅋ]

[그치ㅋㅋㅋ 청월이야 원래 부동의 1위였고, 솔직히 아라 엔터테인먼트랑 큐 엔터테인먼트는 밀린 지 오래고. 그나마 힛 엔터테인먼트 혼자 청월을 뒤쫓고 있는 형국이었으니깐ㅋㅋㅋㅋ 결국 따지면 국내 1, 2위 소속사의 결합이 된 거지ㅋㅋㅋㅋㅋ]

[거기에다가 영화랑 드라마를 꽉 잡고 있는 제작사 둘이 있지ㅋㅋㅋㅋ TG 그룹이 사성 그룹에 비해 네임밸류가 다소 떨어지긴 하지만 MBS를 생각하면 그럭저럭 균형은 맞춰진 듯ㅋㅋㅋㅋ]

[예중태, 하기진 합류도 약간 미쳤다고 본다ㅋㅋㅋㅋㅋㅋ]

[예중태는 아는데 하기진은 누구지?ㅋㅋㅋ]

[하기진을 모른다고?ㅋㅋㅋ 너 홍대 예술 마을이나 회만 예술 마을 한 번도 안 가봤냐?ㅋㅋㅋㅋ]

[간단히 정리해서 예중태가 언론계의 대통령이라면 하기진은 경영계의 대통령임ㅋㅋㅋㅋ]

[진짜 컬처 필드라는 말이 아깝지 않게 문화의 모든 분야

에서 영향력을 발휘하는 통합 브랜드네ㅋㅋㅋㅋㅋ]

[결국 미네르바는 사성 그룹밖에 없는 거냐?ㅋㅋㅋㅋㅋ]

[그래도 TG 그룹 스마트폰보다는 사성 그룹 스마트폰이지ㅋㅋㅋㅋ]

[그럼 이런 거 하면 되겠네ㅋㅋㅋㅋ 보이 그룹 '갠역시', 걸 그룹 '갠역시 탭', 드라마 〈갠역시 노트〉, 영화 〈갠역시 기어〉ㅋㅋㅋㅋㅋㅋㅋ]

[아ㅋㅋ 그럼ㅋㅋㅋㅋㅋ 대한민국 연예계 미네르바가 씹어먹겠는걸?ㅋㅋㅋㅋㅋ]

다행히 여론은 근소하지만 미네르바보다는 컬처 필드의 손을 들어주고 있었다.

분석도 꽤 정확하고 날카로운 편이었다.

'하지만 뚜껑을 열어보면 사성 그룹을 등에 업은 미네르바의 공세가 만만찮을 것이다. 특히 아직 무주공산이라고 할 수 있는 중국 드라마 시장에서 강력한 파워를 행사하기 위해 노력하겠지.'

여전히 어수선했지만 조만간 국내의 상황은 이대로 정리될 가능성이 다분했다.

양측의 힘이 꽤나 팽팽하게 균형을 잡고 있는 상황이었기 때문이었다.

하지만 중국 드라마 시장은 달랐다.

중국 측 드라마 제작사와의 협업을 통해 얻어낼 것이

많았고 독자적인 형태로 시장을 개척할 가능성이 충분했
다.

'바보가 아닌 이상 한경수도 중국 드라마 시장을 통해서
아시아 전체의 영향력을 높이기 위해 노력할 거다. 결국 본
격적인 싸움은 중국에서 펼쳐질 가능성이 높아.'

그렇게 국내의 상황을 어느 정도 정리한 정호의 다음 행
선지가 정해졌다고 할 수 있었다.

당초에 계획대로 목표는 중국 드라마 시장이었다.

정호의 예상대로 국내 상황은 빠르게 정리됐다.

미네르바와 양분한 국내 연예계의 세력 구도는 근소하게
컬처 필드의 힘이 앞선 상태로 고착화된 것이었다.

먼저 음원 수익이 비슷한 수준으로 집계됐다.

음원 차트의 1위는 컬처 필드의 가수들이 대부분 휩쓸었
지만 2위, 3위를 미네르바의 가수들이 사수하면서 수익 면
에서 동등한 수준을 가져갔다.

또한 드라마 편성을 확보한 숫자 역시 비슷했다.

MBS를 비롯한 공중파의 편성을 컬처 필드가 휩쓸었다
면, 미네르바는 케이블 쪽에 힘을 실어 대다수의 편성을 따
낸 게 주효했다.

다만 드라마 시장은 양측 다 독점을 지향하지 않았다.

이전에 정호를 통해 폭로된 이후로 드라마 시장을 독점하지 않는 게 시장의 윤리처럼 굳혀졌기 때문이었다.

결국 컬처 필드와 미네르바 모두 독점 소리를 듣지 않는 선에서 필요한 만큼의 편성만을 나눠가졌다고 볼 수 있었다.

실제로 MBS의 편성도 컬처 필드만이 아닌 소규모 소속사들과 제작사들이 과반수 확보한 상황이었다.

마지막으로 영화 시장은 서로 준비 중인 상황이었다.

컬처 필드는 컬처 필드대로, 미네르바는 미네르바대로, 눈치를 보며 제작 작품의 숫자나 투자 규모를 조율하고 있었다.

하지만 이건 뚜껑을 열어봐야 알 수 있는 승부였다.

개봉이 되기 전까지는 어떤 영화가 성공할지 알 수 없다는 뜻이었다.

다만 컬처 필드만이 아니라 미네르바도 컬처 필드의 작품 숫자와 투자 규모에 맞추려고 한다는 걸 봤을 때, 미네르바 역시 현재 국내보다는 해외 쪽에 무게를 둔다는 사실을 알 수 있었다.

미네르바도 국내에서는 구색만을 갖출 생각이라는 얘기였다.

결국 국내에서 타고 있는 도화선은 중국 드라마 시장으로 향하며 폭탄을 터트릴 가능성이 높았다.

"총 대표님, 비행기 출발할 시간 다 됐습니다."

민봉팔의 말에 정호가 고개를 끄덕였다.

그리고 정호는 지금 중국행 비행기에 막 오르는 중이었
다.

광화문 빌딩 숲의 풍경이 한눈에 내려다보이는 사무실.

그곳에 한 남자가 서 있었다.

그 사람은 다름 아닌 한경수였다.

한경수가 입을 열었다.

"송 이사."

송 이사는 과거 용 PD 사건 때 정호와 한판 대결을 벌인 바 있는 송 부장이었다.

한경수의 미네르바 총 대표 취임과 함께 미네르바의 이사직에 오른 것이었다.

송 이사가 한경수의 부름에 답했다.

"네, 총 대표님."

바깥 풍경을 보고 있던 한경수가 몸을 돌렸다.

평화롭고 고요한 느낌의 광경.

하지만 이 광경은 한경수가 오른손에 들고 있는 물건 하나 때문에 완벽하게 무너졌다.

한경수가 오른손에 들고 있는 물건은 명패였다.

아직 굳지 않은 피가 흘러 바닥에 뚝뚝 떨어지는 명패.

"어떻게 생각해? 너도 중국이 아닌 일본으로 가야 한다고 생각해?"

한경수의 질문에 송 이사가 반사적으로 고개를 저었다.

대답은 어차피 정해져 있었다.

그도 그럴 것이 한경수와 송 이사 뒤의 피를 흘리며 쓰러져 있는 사내 때문이었다.

자신과 같은 이사직에 올라 있는 사내는 한경수에게 컬처 필드를 피해 일본으로 가야 한다고 주장했다가 얻어맞고 피를 철철 흘리며 쓰러져 있는 중이었다.

한경수는 사내를 향해 시선조차 주지 않고 대꾸했다.

"그럴 리가 있겠습니까? 미네르바는 중국을 향해야만 합니다. 시장이 아직 완벽하게 형성되지 않은 중국이야말로 노다지 중의 노다지니까요."

한경수는 고개를 끄덕이며 피가 묻은 명패를 바닥에 던졌다.

딸그락거리는 소리와 함께 명패가 쓰러져 있는 사내의 옆으로 떨어졌다.

하지만 한경수 역시 그런 풍경은 상관없다는 듯 품에서 담배를 꺼냈다.

잽싸게 다가와 라이터를 꺼낸 송 이사가 한경수의 담배에 불을 붙였다.

한경수가 담배를 길게 한 번 빨아들인 뒤 연기를 후, 하고 뱉어냈다.

그러고는 말했다.

"나는 말이야. 예전부터 겁에 질린 개새끼가 싫었어. 겁에 질린 개새끼는 꼭 낯선 것을 보면 한참이나 짖다가 주인과 낯선 것을 구분하지 못하고 주인을 물어버리거든."

"하하하, 그렇지요."

타이밍을 제대로 잡지 못한 송 이사가 한경수의 말을 받아주겠다고 웃으며 말했다.

하지만 한경수의 따가운 시선을 받고는 금세 입을 다물었다.

그런 송 이사를 째려보며 한경수가 말을 이었다.

"그리고 방금 내가 명패로 내리친 건 바로 그런 개새끼였어. 겁에 질린 개새끼. 만약 송 이사도 저 겁에 질린 개새끼와 같은 대답을 했다면 너도 저 꼴을 당했을 거야."

송 이사가 히옥, 하고 딸꾹질을 하며 잽싸게 고개를 끄덕였다.

한경수의 지시에 따라 한경수보다 더 한 짓도 벌인 바 있는 송 이사였지만 한경수 앞에서는 한경수가 표현한 대로 '겁에 질린 개새끼'에 불과했다.

그만큼 한경수가 뿜어내는 기세는 사람 여럿을 골로 보내 본 사람조차 기가 질릴 정도로 악랄하고 지독했다.

고개를 끄덕이는 송 이사를 보며 한경수가 물었다.

"중국 쪽과의 접촉은 어떻게 됐어?"

겁에 질려 있던 송 이사가 서둘러 정신을 수습하고 대답했다.

"시우와 투피안 모두 미네르바에 긍정적인 답변을 줬습니다. 조만간 두 제작사와 협약을 체결할 수 있을 겁니다. 그렇게 된다면 컬처 필드도 갈 곳을 잃겠지요."

송 이사의 말을 듣고 한경수가 미소를 지었다.

송 이사는 그 미소가 징그럽다고 생각했지만 당연히 아무런 말도 하지 않았다.

한경수가 징그러운 미소를 지은 채 입을 열었다.

"확실히 그렇게 되면 컬처 필드와 협약을 맺을 곳이 없겠군. 자본이 무엇보다도 중요하게 통하는 중국 드라마 시장에서 작은 제작사와 협약을 맺어서는 우리 미네르바를 이길 수 없을 테니깐."

◇ ◆ ◇

정호와 함께 중국 땅을 밟은 사람은 총 세 명이었다.

컬처 필드의 이사로 인사이동을 한 민봉팔과 강철두가 일단 둘이었고 마지막 한 사람은 바로 강여운이었다.

중국 땅을 함께 밟은 강여운을 보며 정호가 고개를 절레절레 저으며 말했다.

"나는 아직도 모르겠다. 네가 왜 여기까지 쫓아오겠다고 했는지."

현재 강여운은 휴식기에 돌입한 상황이었다.

〈레드, 월 스트리트〉의 수안나 역할로 많은 체력을 소모한 강여운이었기 때문에 긴 휴식이 필요했다.

특히 한번 배역에 몰입하면 잘 빠져나오지 못하는 강여운의 연기 방식 특성상 일반적인 배우보다 휴식 기간이 더 길 수밖에 없었다.

그런 까닭에 강여운은 아카데미 시상식 이후로 간간이 광고 촬영과 화보 촬영만을 병행하며 휴식에 전념하는 중이었다.

그런데 그런 강여운이 갑자기 정호를 따라 중국을 가겠다고 나선 것이었다.

강여운이 입을 삐쭉 내밀며 말했다.

"이제 담당 매니저 아니라고 벌써 그렇게 홀대하는 거예요?

온 김에 같이 쉬고 놀면 되죠!"

강여운의 말에 정호가 답했다.

"중국에 놀러 온 거 아니거든?"

강여운이 별것 아니라는 듯 대꾸했다.

"아, 저도 화보 촬영 있어요."

강여운이 중국에서 화보 촬영을 하는 것은 사실이었다.

다만 굳이 중국에서 찍지 않아도 되는 화보를 중국에서 찍겠다고 강여운이 우긴 게 문제라면 문제였다.

정호가 자신의 이마를 한번 감싼 뒤 진지한 얼굴로 물었다.

"너 진짜 왜 따라온 거야? 솔직히 말해."

정호의 분위기에 강여운이 약간 긴장한 표정을 했다.

동시에 강여운의 볼도 약간 상기됐지만 정호는 그 사실을 눈치 채지 못한 채 말을 이었다.

"너…… 중국 드라마 하고 싶어?"

정호의 질문에 강여운은 한순간에 긴장감이 풀려버린 듯한 표정을 지었다.

그러고는 한 톤 높은 목소리로 흥분하며 말했다.

"아니거든요!"

강여운이 씩씩거리며 앞서서 먼저 걸어갔다.

그런 강여운을 정호가 따라가며 물었다.

"그럼 뭔데?"

"몰라요!"

그렇게 앞서 나가는 두 사람을 보며 강철두가 민봉팔에게 말했다.

"휴~ 다행입니다. 총 대표님도 못하는 게 있으시군요. 언제나 완벽하셔서 제가 컬처 필드의 이사로 어울릴까 걱정했는데 약점이 있다니 안심입니다."

강철두 옆에 서 있던 민봉팔이 두 사람의 뒷모습을 보며 대꾸했다.

"정호가 저걸 정말 못하죠. 하지만 바보인 건 여운이도 마찬가지입니다. 저런 놈이 뭐가 좋다고 따라다니는지……."

강철두가 놀란 동시에 의아해하며 물었다.

"오…… 민 이사님은 총 대표님의 열렬한 신봉자 아니었습니까?"

민봉팔이 순순히 고개를 끄덕이며 말했다.

"맞습니다. 직장 상사나 친구로서는요. 하지만 이럴 때만큼은 도무지 용서할 수가 없습니다. 시쳇말로 정말…… 고구마거든요. 저 두 사람과 오래 지내시다 보면, 아마 얼음물을 입에 달고 사는 자신을 보게 되실 겁니다."

딱 어울리는 말이었다.

고구마.

정호와 강여운의 관계는 고구마라는 말이 정말 잘 어울렸다.

정호는 오늘도 부지런히 열일을 하는 중이었다.

연애 고자로서.

◇ ◆ ◇

컬처 필드의 공식적인 발족 이후 정호가 중국행 비행기에 바로 오르지 않은 것은 두 가지 이유 때문이었다.

그것은 바로 '컬처 필드의 안정화'와 '국내 시장의 균형화'였다.

물론 핵심은 국내 시장에서 미네르바와의 균형을 맞추는 것이었다.

컬처 필드 자체가 미네르바를 견제하기 위해 탄생한 것이나 다름없었던 탓이었다.

하지만 그뿐만 아니라 컬처 필드 자체를 안정화시킬 필요가 있었다.

'여러 회사의 상위 브랜드인 컬처 필드가 제대로 구심점을 잡지 못한다면 언젠가 스스로 무너질 가능성이 높으니깐……'

그런 까닭에 정호는 컬처 필드의 핵심 멤버를 모으고 시스템을 구축하는 데 힘썼다.

그 과정에서 이사로 합류한 사람들이 민봉팔과 강철두였다.

균형감과 소속감을 주기 위해서 각각 청월과 힛 엔터테인먼트에서 인사를 각출한 것이었다.

다행히 양측 다 이사로 활용할 수 있는 인원이 충분했기 때문에 큰 부담은 없었다.

청월과 힛 엔터테인먼트는 두 사람이 빠진 자리를 새로운 인사로 메웠고 3명의 이사 체제를 구축한 상태였다.

'어쨌든 그렇게 두 명의 이사가 컬처 필드에 들어왔지. 하지만 인사이동은 청월과 힛 엔터테인먼트에서만 이뤄진 게 아니다.'

규모가 상대적으로 작은 뉴 아트 필름과 프롬 프로덕션은 이사급 인사가 없었기 때문에 부장급 인사를 컬처 필드로 보내왔다.

뿐만 아니라 코어가 될 만한 핵심 직원들의 이동도 컬처 필드 전체에 걸쳐서 이뤄졌다.

덕분에 컬처 필드는 금세 구색을 갖추는 데 성공할 수 있었다.

'각 파트의 제작관리팀을 비롯한 총괄기획팀과 총괄홍보팀이 새롭게 생겨났지. 이 팀들은 이제 컬처 필드에 소속된 다른 팀과 연계하여 궂은일을 마다하지 않고 열심히 활동할 것이다.'

실제로 컬처 필드의 새로운 인원들은 국내 시장에서 미네르바와 균형을 맞추기 위해 열심히 뛰어다니며 새로운 업무 형태에 어느 정도 적응한 상태였다.

'세부적인 부분은 앞으로 시행착오를 겪으며 다듬어야 겠지만, 이 정도면 안심하고 떠날 수 있어 보이는군. 컬처 필드에 소속된 다른 대표들이 워낙 협조적이기 때문에 짧은 시간 안에 해낼 수 있는 일이었지. 이제 떠날 때다.'

이렇게 판단하자마자 정호는 한국을 떠나 중국 땅을 밟았다.

그리고 정호와 강여운이 티격태격하고 있는 사이, 빠아 아앙 하는 클랙슨 소리가 들려왔다.

고개를 돌려보니 그곳에 밴 한 대가 세워져 있었다.

다름 아닌 해외영업부 양 팀장이 공항에 도착한 것이었다.

강여운을 따라 열심히 걷던 정호가 손을 흔들며 말했다.

"양 팀장!"

양 팀장이 차에서 내리며 정호에게 다가왔다.

"오셨군요, 오 이사…… 아니, 총 대표님! 정말 오랜만에 뵙습니다."

다행히 그렇게 말하는 양 팀장의 얼굴은 나쁘지 않아 보였다.

꽤 고생을 했을 거라고 생각했는데, 확실히 중국 물이 양 팀장에게 잘 맞는 모양이었다.

정호가 양 팀장의 어깨를 두드리며 말했다.

"고생했어, 양 팀장. 이제 지금까지의 고생이 결실을 맺을 차례야."

정호의 말에 양 팀장의 고개를 끄덕이며 답했다.

"맞습니다. 이제 결실을 맺을 차례이지요. 하지만 바쁠수록 돌아가라는 한국의 격언이 있지 않습니까? 먼저 숙소로 향하시지요."

정호가 고개를 끄덕였다.

"그래야지. 일단 쉬어야겠어. 여기까지 오는 데 시간이 많이 걸리지는 않았지만 오기 전까지가 너무 바빴거든. 그나저나 충청과의 미팅은 내일인가?"

양 팀장이 고개를 저으며 답했다.

"아닙니다. 오늘입니다. 숙소에 짐을 풀고 바로 충청 쪽 사람들과 만남을 가질 예정이지요."

정호가 당황하며 물었다.

"어…… 아까 방금 양 팀장이 바쁠수록 돌아가라고 하지 않았어?"

정호만이 아니었다.

갑작스런 양 팀장의 태세 전환에 강여운, 민봉팔, 강철두 역시 당황한 것은 마찬가지였다.

양 팀장이 짙은 미소를 지으며 답했다.

"결실을 맺을 생각을 하니 너무 흥분되어서 그럴 수 없겠더라고요. 하지만 걱정 마십시오. 미팅 준비는 완벽하게 끝내놨습니다."

정호는 양 팀장의 미소가 왠지 모르게 징그럽게 느껴졌다.

이제 본격적으로 중국 드라마 시장을 공략할 시간이었다.

매니지 먼트 제왕

20장. 갑자기, 형제

정호 일행은 양 팀장을 따라 광저우에 있는 한 호텔에 짐을 풀었다.

중국이라서 그런지 확실히 호텔도 규모가 남달랐다.

호텔방이 웬만한 한국 호텔 스위트룸의 두 배 크기였기 때문이었다.

한국에 비해 공기가 탁하다는 단점이 있긴 했지만, 그래도 중국은 이런 부분에서 굉장히 인상적인 나라였다.

'그나저나 쉬지도 못하고 움직여야 한다니…… 양 팀장이 꽤나 의욕적이군.'

호텔로 이동하여 방을 배정받는 과정에서 정호는 양

팀장과 동고동락한 해외영업부 중국팀의 직원들도 만났다.

양 팀장과 마찬가지로 다들 혈색들이 나쁘지 않은 편이었다.

뿐만 아니라 눈을 반짝반짝 빛내며 뭔가를 기대하는 기색이 역력했다.

'인맥이 중요한 중국 드라마 시장에서 인맥만을 쌓으며 시간을 보낸 게 몇 년이니 그럴 수밖에……. 기대에 부응할 수 있도록 노력해야겠군. 그것만이 미네르바를 이길 수 있는 방법이기도 하고.'

정호가 이런 생각들을 하고 있을 때 호텔방의 벨이 울렸다.

누군가 문 밖에서 벨을 누른 모양이었다.

호텔방 문을 열어보니 양 팀장이 서 있었다.

"짐은 다 푸셨나요? 이제 이동해 봐야 할 것 같습니다. 약속 시간에 맞추려면요."

정호는 고개를 끄덕인 뒤, 민봉팔과 강철두를 전화로 호출했다.

짐을 정리하는 대로 로비로 내려오라는 전화였다.

민봉팔, 강철두와의 전화를 끊고 로비로 내려오는 동안 옆에 함께 있던 양 팀장이 물었다.

"근데 여운 양은 함께 안 갑니까?"

"여운이? 여운이가 드라마 제작사 미팅에 따라갈 필요가
뭐 있겠어? 방 좋던데 방에서 쉬는 게 낫지."

중국 드라마 제작사 미팅에 참여할 이유도 없었지만, 사
실 강여운은 마음 편히 외출할 수 있는 상황이 아니었다.

강여운의 인기가 중국에서 상당했기 때문이었다.

그럴 수밖에 없는 게 중국으로 수출된 다수의 드라마에
서 강여운은 언제나 주연 여배우였다.

게다가 최근에는 〈레드, 월 스트리트〉로 세계적인 배우
반열에 오르며 인기가 더욱 높아진 상태였다.

'〈레드, 월 스트리트〉의 홍보차 중국에 들렸을 때는 정
말 난리였지. 엄청난 팬들이 모여서 곤혹을 치르기도 했
고.'

이번에는 갑작스럽게 출국이 결정된 만큼 공항에서도 별
탈이 없었지만, 조심해서 나쁠 것은 없었다.

'나름 얼굴을 가린다고 선글라스를 쓰고 있었음에도 불
구하고 여운이를 알아보는 사람들이 몇몇 있었어. 기자들
에게는 여운이의 존재가 이미 알려졌을 테지. 조만간 여운
이가 중국에 체류 중이라는 사실을 중국인 전체가 알게 될
것이고.'

이런 상황이었으니 강여운을 군이 중국 드라마 제작사
미팅에 대동할 필요는 없었다.

호텔방에서 쉬는 것이 여러모로 나았다.

그리고 양 팀장도 이러한 사실을 모르는 게 아니었다.

양 팀장이 말했다.

"하하, 맞습니다. 맞죠. 그래도 모처럼의 중국 여행인데 화보 촬영 전에 관광이라도 해보면 어떨까 해서요."

정호는 고개를 저으며 답했다.

"관광은 지겹도록 했어. 아직 중국에서 이름이 많이 알려지지 않았을 때 봉팔이를 데리고 다니면서 엄청 놀았다고 하더군. 어쨌든 괜히 긁어 부스럼 만들 것 없지. 미팅은 우리끼리 가자고."

양 팀장은 로비에 도착한 엘리베이터에서 내리며 "하하. 네네, 물론이죠." 하고 대답했지만 왠지 모를 위화감 같은 것이 느껴졌다.

'왜 이렇게 여운이를 데려가고 싶어 하는 것 같지? 좀 수상한데…….'

로비 한가운데로 발걸음을 옮기던 정호는 궁금증을 참지 못하고 물었다.

"그나저나 양 팀장은 왜 이렇게 여운이를 데려가고 싶은 거야?"

정호의 물음에 양 팀장이 화들짝 놀라며 대답했다.

"아, 아니. 그, 그럴 리가요. 그저 여운 양의 팬이라서 그럽니다, 팬이라서. 중국에서 생활하다 보니 연예인을 만나기가 쉽지 않아서…… 아아, 저쪽에 두 분이 내려시는군요."

때마침 민봉팔과 강철두도 뒤이어 엘리베이터에서 내렸
다.

어느새 정호와 함께 로비 한가운데에 도착한 양 팀장이
날 듯이 그 두 사람에게 뛰어가 "방은 괜찮습니까?", "짐은
다 푸셨고요?" 등의 질문을 했다.

정호는 그런 양 팀장이 여전히 수상했지만 그냥 넘어가
기로 했다.

양 팀장의 말대로 그냥 강여운의 팬이라서 그럴 수도 있
는 일이었다.

◇　◆　◇

충첸으로 이동하는 길에는 약간의 긴장감이 맴돌았다.

충첸이 중국 드라마 시장에 미치는 영향력 같은 것에 압
도된 게 아니었다.

그보다는 충첸 뒤에 있는 삼합회라는 세력이 정호를 비
롯한 민봉팔, 강철두에게 긴장감을 선사했다.

강철두가 긴장감을 견디지 못한 듯 양 팀장에게 물었다.

"그나저나 충첸은 어떤 기업입니까? 사전 조사와 미팅
준비를 하면서 관련 보고서도 전부 찾아 읽어봤지만, 분명
그런 것으로 알 수 없는 부분이 있을 텐데요……."

긴장감을 이기지 못하고 한 질문이긴 했지만 강철두의

질문은 꽤나 날카로운 구석이 있었다.

거듭 얘기하지만 중국은 무엇보다 콴시, 즉 인맥을 중요시하는 편이었다.

한국이라고 이런 인맥이 아예 작용하지 않는 것은 아니었지만, 인맥을 앞세우는 기업 문화를 지양하고 전문성을 앞세우는 방향으로 성장하길 바랐기 때문에 인맥으로 일을 처리하는 경우는 많이 사라진 상태였다.

하지만 중국은 아니었다.

중국만의 특징이 녹아들면서 더 강력하게 인맥이 중국 사회에 작용했다.

'인구가 많다는 건 어찌 보면 믿지 못할 많은 사람들도 많다는 것이기도 하지. 어쩔 수 없이 경쟁이 심화될 수밖에 없고. 그러다 보니 자연스럽게 잘 아는 사람을 믿는 경향 같은 게 생긴 거야. 하지만 결국 언젠가 중국도 이런 인맥 문화를 벗어나야겠지.'

어쨌든 그것이 지금 당장은 아니었다.

그런 까닭에 인맥을 중요시하는 중국 시장의 실상을 몸으로 겪지 못한 정호 일행으로서는 현장의 목소리에 귀를 기울일 필요가 있었다.

물론 강철두의 질문은 삼합회라는 이름에 압박감을 느껴서 나온 것이긴 했지만.

강철두의 질문에 차 안의 모두가 귀를 기울였다.

양 팀장이 웃으며 질문에 답했다.

그건 마치 무엇을 걱정하는지 다 안다는 듯한 모습이었다.

"충쳉은 좋은 기업입니다. 오히려 다른 기업들보다 깔끔하고 청렴하죠. 무엇보다 최근 잦은 접촉을 하면서 컬처 필드를 형제의 기업처럼 생각하고 있어요."

양 팀장의 말에 모두가 놀라움을 감추지 못했다.

충쳉과 지속적으로 접촉을 하고 있다는 얘긴 들었지만, 상황을 이 정도로 진전시켰는지는 몰랐기 때문이었다.

정호가 속으로 생각했다.

'중국에서 한 기업을 형제의 기업처럼 생각한다는 건 모든 일이 일사천리로 진행될 수 있다는 것이나 다름없다. 양 팀장이 이 정도로 능력이 있는 인물이었나…….'

정호는 놀란 마음을 감추지 못한 채 말했다.

"형제의 기업이라니 대단하군……. 자주 접촉을 했다지만 그 정도로 친밀감과 신뢰를 쌓기가 쉽지 않았을 텐데……."

놀라기는 민봉팔과 강철두 역시 마찬가지였다.

중국 시장에서 본격적으로 활동한 것은 아니지만 부지런한 공부로 중국 시장이 어떠한지는 이론적으로나마 알고 있었기 때문이었다.

정호에 이어 민봉팔이 입을 열었다.

"양 팀장이 고생 많았어. 정말 대단하군."

강철두도 칭찬 대열에 합류했다.

"해외에서 오래 생활하셨다고 들었는데 역시 경험과 노하우가 보통이 아닌 모양이군요. 저도 한 수 배우고 싶습니다. 비법 같은 게 있나요?"

갑작스러운 질문에 당황하며 양 팀장이 대꾸했다.

"비법이라고 할 것이 따로 있나요. 그냥 자주 얼굴을 비추고, 연락하고 그런 것이지요. 그리고 무엇보다 충청 쪽에서 이미 저희를 좋게 보고 있었습니다. 충청의 대표인 후앙 훼이가 청월, 힛 엔터테인먼트, 프롬 프로덕션의 드라마들을 자주 봤다고 하더군요. 특히 청월과 프롬 프로덕션이 합작한 드라마의 광팬이라고 합니다."

양 팀장의 설명을 듣고 나니 대충 상황이 어떻게 돌아간 것인지 알 수 있었다.

'세 회사의 드라마를 보며 후앙 훼이는 자신도 모르게 신뢰를 형성한 모양이군. 그게 아랫사람들에게 영향을 미쳐 양 팀장과도 의미 있는 얘기를 주고받을 수 있었던 것이고.'

이런 식으로 생각을 이어가던 정호는 퍼뜩, 방금 전에 있었던 일을 떠올렸다.

그 일은 바로 왠지 모르게 양 팀장이 강여운을 적극적으로 찾았던 좀 전의 상황이었다.

'설마……'

정호는 확신을 갖기 위해 양 팀장에게 질문했다.

"양 팀장은 오해 말고 들어. 설마 아까 양 팀장이 계속 여운이를 찾은 게 후앙 훼이가 여운이의 팬이기 때문에 그런 건가?"

◇ ◆ ◇

미팅 장소는 거대한 레스토랑이었다.

거대한 레스토랑 안으로 들어서자 양 팀장과 중국어로 대화를 나눈 레스토랑 직원이 정호 일행을 안내했다.

그리고 안내된 거대한 홀에는 충칭의 주요 인사들이 모여 있었다.

물론 홀에는 주요 인사들만 있는 것이 아니었다.

삼합회 소속의 사람인 듯 건장한 체구의 사내들이 홀 주변을 둘러싼 상태였다.

게다가 등장하리라고는 전혀 예상하지 못한 인물도 함께 있었다.

뭔가를 발견하고 놀란 눈을 한 양 팀장이 정호에게 귓속말을 했다.

"저쪽 중앙에 앉아 있는 사람이 후앙 훼이입니다. 후앙 훼이까지 나왔군요. 놀랍습니다. 저도 여러 차례 미팅을 했지만 후앙 훼이를 보는 것은 이번이 처음이거든요.”

양 팀장이 알고 있는 후앙 훼이가 청월, 핫 엔터테인먼트, 프롬 프로덕션의 드라마를 좋아한다든가 하는 식의 얘기는 전부 협상을 전문으로 하는 충쳉의 주요 인사로부터 나온 것이었다.

충쳉의 협상은 전부 이 주요 인사를 통해서 이뤄지는 모양이었다.

확실히 온건파라고는 하지만 암흑세계의 한 축을 담당하고 있는 인물이 함부로 모습을 드러낼 리가 없었다.

‘체구도 체구지만 눈빛이 예사롭지 않군. 확실히 거물이라고 평가받을 만한 인물이다.’

그때 정호 일행을 발견한 후앙 훼이가 자리에서 일어났다.

그러고는 곧바로 정호를 향해 다가왔다.

덩치가 크고 눈에서 뿜어내는 빛이 날카로웠지만, 다행히 위협적이지는 않았다.

웃는 낯으로 정호에게 다가오고 있었기 때문이었다.

게다가 정호는 한 통합 브랜드의 총 대표 자격으로 이곳에 방문한 입장이었다.

어떤 일이 있어도 후앙 훼이에게 압도될 생각이 없었다.

어느새 정호의 바로 앞까지 다가온 후앙 훼이가 웃으며 악수를 청했다.

"하하하, 반갑습니다. 저는 후앙 훼이라고 합니다. 그쪽이 오정호 총 대표님 맞습니까?"

양 팀장만큼은 아니지만 어느 정도 중국어를 할 줄 아는 정호가 후앙 훼이의 두터운 손을 맞잡으며 답했다.

"맞습니다. 제가 컬처 필드의 총 대표, 오정호라고 합니다. 이렇게 만나 뵙게 되어 기쁩니다."

후앙 훼이가 정호의 손을 세차게 흔들며 대꾸했다.

"중국어가 꽤나 능숙하시군요. 역시 저희 충청의 형제 기업답습니다."

두터운 손으로 정호의 손을 세차게 흔들긴 했지만 괜한 자존심 싸움을 하겠다고 힘을 주거나 하지는 않았다.

반가움이 묻어나는 적당한 힘이 들어간 악수였다.

'온건파라더니…… 사업가의 기질이 다분한 건가…….'

정호가 이런 생각을 하고 있을 때 후앙 훼이가 말을 이었다.

"그나저나 한 사람이 보이질 않는군요. 강여운 양은 어디 계신 겁니까? 혹시 안 온 건 아니겠죠?"

매니지
먼트
21장. 우리 여운이가 이렇게 커버렸구나
제왕

착각일까.

후앙 훼이의 질문에 레스토랑의 온도가 전체적으로 약간 서늘해진 것만 같은 기분이 들었다.

뿐만 아니라 분위기도 조금 날카로워졌다.

삼합회에 소속된 것으로 보이는 사내들이 전체적으로 한 발자국 다가온 것도 정호 일행에게 위압감을 줬다.

하지만 그 와중에도 정호 일행은 여유로운 표정을 짓고 있었다.

정호가 속으로 생각했다.

'다행이야. 미리 대비하지 않았다면 큰일 날 뻔했어.'

사실 정호는 이미 레스토랑에 들어서기 전부터 후앙 훼이가 강여운의 팬이라는 사실을 알고 있었다.

이동하던 중 양 팀장에게 해당 사실을 물어봤기 때문이었다.

"양 팀장은 오해 말고 들어. 설마 아까 양 팀장이 계속 여운이를 찾은 게 후앙 훼이가 여운이의 팬이기 때문에 그런 건가?"

정호의 질문에 양 팀장은 망설이다가 대답했다.

"맞습니다…… 오늘 미팅에 강여운 양이 꼭 왔으면 좋겠다고 말하더군요."

양 팀장의 대답을 듣자마자 정호는 왠지 느낌이 싸했다.

'하필이면 왜 오늘일까……?'

이런 생각이 절로 들었다.

재빠르게 상황을 파악하고 정리한 민봉팔, 강철두도 정호와 같은 생각을 한 모양이었다.

민봉팔이 자못 심각한 어투로 입을 열었다.

"지금이라도 여운이를 불러야 하는 거 아닐까? 내가 가서 데려올게."

강철두가 민봉팔의 말을 받았다.

"네, 맞습니다. 혹시 모르는 일이니 여운 양에게 부탁하여 이쪽으로 데려오는 게 좋을 것 같습니다. 그럴 리는 없겠지만 혹시 미팅 자리에 후앙 훼이가 참석한다면 큰일이 벌어질지도 모르지 않습니까?"

정호가 고개를 끄덕였다.

삼합회라는 집단에 대해서는 대략적으로밖에 알지 못했다.

하지만 이전의 시간에서 한경수를 따라다녔기에, 흔히 암흑세계의 두목이라 불리는 사람들의 성향에 대해서는 꽤나 잘 알고 있는 정호였다.

성격적인 부분에서는 조금의 차이가 있겠지만, 한 가지 만큼은 공통적인 부분이 있었다.

'원하는 게 있다면 손에 넣기 위해 무력을 사용하는 것도 마다하지 않는다는 것.'

삼합회의 온건파에 속하는 후앙 훼이가 정호 일행에게 함부로 무력을 사용할 거라고는 생각하지 않았다.

그래도 만약이라는 것이 있었다.

그리고 언제나 만약을 대비하는 것이 정호의 임무였다.

정호는 고민하지 않고 강여운을 불러오기로 했다.

"봉팔아, 다녀와라. 만약을 대비해서 상황 잘 설명하고."

돌아가는 상황을 보며 불안해하고 있던 양 팀장이 입을 열며 끼어들었다.

"제가 이런 상황을 예측하지 못하고 실수를 저질렀군요……. 애초에 강여운 양은 동행하지 못한다고 충청 쪽에 확실히 선을 그었어야 했습니다……."

정호가 고개를 저으며 말했다.

이 일은 순전히 양 팀장의 실수로 보기만은 어려웠다.

"중국 드라마 시장에서 협상 전, 그 정도의 허세를 부리는 게 일상적인 일이라는 건 나도 들어서 알고 있어. 양 팀장의 잘못이 아니야. 그저 상대의 배경이 너무나도 만만찮았던 것이지. 그보다 혹시 대동할 수 있는 차량이 더 있나?"

정호의 질문에 양 팀장이 잽싸게 답했다.

"직원들이 사용하는 차를 쓰면 될 겁니다."

정호는 고개를 끄덕였고, 그길로 차를 세운 민봉팔은 택시를 타고 숙소로 돌아갔다.

강여운을 데리고 다시 미팅 장소로 오기 위해 움직인 것이었다.

◇ ◆ ◇

이게 지금 정호 일행의 서늘하고 무거운 분위기에도 여유로운 표정을 지을 수 있는 이유였다.

하지만 마냥 여유롭기만 한 것은 아니었다.

한편 안도의 마음도 들었다.

'운이 따랐다고 해야 할까? 여운이가 함께 중국행 비행기를 타지 않았으면 큰일이 날 뻔했다. 물론 나에게는 시간 결제가 있긴 하지만.'

이런 생각을 하고 있을 때 후앙 훼이가 재차 정호에게 질문했다.

"설마 강여운 양은 안 오는 겁니까?"

정호가 그런 후앙 훼이를 향해 웃으며 대답했다.

"설마요. 후앙 훼이에게 잘 보일 생각인지 준비를 하는데 시간이 조금 더 걸리는 모양입니다. 곧 도착할 겁니다."

그제야 후앙 훼이의 표정이 풀렸다.

후앙 훼이가 큰 소리로 웃으며 말했다.

"하하하. 그렇군요. 어서 만나 뵙고 싶습니다. 전해 들어서 아시겠지만 제가 강여운 양의 굉장한 팬이거든요. 드라마는 물론 영화까지 개봉된 것은 빠지지 않고 봤습니다."

그 말에 정호가 놀라며 말했다.

팬이라지만 후앙 훼이의 어투에서는 굉장히 마니아틱한 성향이 느껴졌기 때문이었다.

"오, 그렇습니까? 그중에는 중국에 소개되지 않은 것들도 꽤 있을 텐데요."

후앙 훼이가 답했다.

"맞습니다. 그런 작품들도 더러 있죠. 그래서 전문 번역가를 고용해서 번역하도록 지시했습니다. 한국어를 배우면 더할 나위 없이 좋았겠지만, 도저히 시간이 나지를 않아서요."

정호가 "오호~" 하고 놀라며 반응했다.

그러자 신이 나는지 후앙 훼이가 계속 말을 이었다.

"이렇게 이번 기회에 컬처 필드와 협약을 맺을 수 있어서 무척이나 기쁩니다. 지금 당장은 아니더라도 언젠가는 강여운 양이 중국 드라마의 주연이 될 수 있는 거 아니겠습니까?"

이 정도로 대화가 이어지자 레스토랑의 분위기는 금세 훈훈해졌다.

삼합회 소속으로 보이는 사내들도 다시 한 발자국 물러섰다.

정호가 힐끗 그 모습을 보고 웃으며 고개를 끄덕였다.

그러고는 대답했다.

"그럴 수도 있죠. 계속 일이 잘 진행된다면요. 저희도 충청과 오랫동안 좋은 동료로 남길 기대하고 있습니다. 마치 형제처럼요."

정호의 대답에 후앙 훼이가 흡족한 미소를 지었다.

당장이라도 강여운의 중국 드라마 주연이 확정될 것 같은 느낌이 들었지만, 성급하게 나설 필요는 없었다.

실제로 얘기만 잘 통한다면 굳이 정호가 나서지 않더라도 충청 쪽에서 강여운의 주연을 요청할 것이었기 때문이었다.

'헤른이를 주연으로 세우는 것도 나쁘지 않지만 중국 쪽에서 인지도가 높은 여운이가 아무래도 파급력이 클 것이다.

미네르바를 상대하기 위해서는 초반부터 강하게 나갈 필요
가 있어.'

정호가 이런 식으로 생각을 정리하고 있을 때 후앙 훼이
가 입을 열었다.

"아, 그러고 보니 제가 귀한 손님들을 모시고 실수했군
요. 어서 앉아서 대화를 나누시죠."

후앙 훼이를 따라 정호 일행이 앉았다.

후앙 훼이의 얘기를 듣고 주요 인사로 보이는 한 사람이
손짓을 했다.

음식을 들여보내라는 신호였다.

'여운이를 기다리고 있는 상황이니 에피타이저 정도의
간단한 음식이 먼저 나오겠지. 그나저나 어떤 음식이 나올
지 기대되는군.'

이미 이전의 시간부터 여러 차례 중국을 방문한 바 있는
정호였다.

보통 기름기가 많아서 한국사람 입맛에는 맞지 않는다
고 알려진 중국 음식이 정호의 입에는 꽤 괜찮은 편이었
다.

심지어 몇 가지는 아주 좋아해서 휴가차 중국을 방문하
는 경우도 많았다.

중국어도 그 과정에서 배운 것이었다.

첫 번째로 나온 음식은 송이제비집스프였다.

보통 코스 요리의 기본 에피타이저격으로 나오는 게살스프에 비해 한 단계 수준 높은 음식이라고 할 수 있었다.

'송이제비집스프라…… 옛날에는 상당히 좋아해서 맛있다는 곳을 찾아가 먹어본 적도 있었는데…… 후앙 훼이가 소개하는 레스토랑의 음식은 어떨까?'

그렇게 정호가 송이제비집스프를 맛보려고 할 때였다.

레스토랑의 직원의 안내를 받은 강여운이 또각, 또각 소리를 내며 홀 안에 들어섰다.

강여운은 밝게 웃으며 모여 있는 사람들에게 물었다.

"나만 따돌리고 맛있는 걸 먹는 거예요?"

약간 훈훈해졌던 분위기가 뜨거워지는 순간이었다.

◇ ◆ ◇

강여운의 등장에 가장 당황한 것은 후앙 훼이였다.

곧 등장할 것을 알고 있었음에도 불구하고 후앙 훼이는 강여운을 보자마자 넋을 잃었다.

그러더니 곧 당황해하며 어쩔 줄 몰라 했다.

그사이 정호가 자연스럽게 자리에서 일어나 강여운 옆에 섰다.

강여운에게 작은 소리로 말했다.

"봉팔이한테 상황 전해 들었지?"

강여운이 미미하게 고개를 끄덕였다.

다른 사람들에게 보이지 않으려는 행동이었지만 정호에게는 그게 긍정의 표시라는 게 확실하게 느껴졌다.

"팬 서비스라고 생각해. 괜히 긴장할 것 없어."

할 말을 마치고 정호가 강여운을 데리고 후앙 훼이에게 다가갔다.

자리에 앉아 어쩔 줄 몰라 하던 후앙 훼이가 벌떡, 일어났다.

그러더니 고개를 숙이며 인사했다.

"안녕하십니까? 후앙 훼이라고 합니다. 팬입니다."

잠깐의 정적이 흘렀다.

아무도 후앙 훼이가 이런 식의 행동을 보일 줄은 몰랐기 때문이었다.

삼합회의 한 축을 담당하고 있는 인물이 누군가에게 고개를 숙이다니, 감히 상상할 수도 없는 일이었다.

정호가 속으로 생각했다.

'결국 후앙 훼이도 한 사람의 팬이라는 건가……?'

강여운도 살짝 당황한 듯했다.

삼합회의 중요한 한 축이 되는 인물이라고 해서 무서울 줄 알았는데, 그 모습이 마치 덩치만 큰 강아지 같았기 때문이었다.

강여운이 이내 당황한 표정을 감추더니 후후후, 웃으며

마주 고개를 숙여 인사했다.

"저도 반가워요. 배우 강여운이라고 합니다. 저를 취직시켜 주실 수도 있는 분이라고 해서 실례를 무릅쓰고 이 자리에 오게 되었습니다. 잘 부탁드려요."

이때쯤 자신이 무슨 짓을 저질렀는지 깨달은 후앙 훼이였다.

삼합회 지배자의 앞이 아니면 절대 고개를 숙여 인사를 하지 않았던 자신이 한 사람의 배우에게 인사를 한 것이었다.

자괴감이 들 수밖에 없는 상황이었다.

하지만 자괴감은 금세 사라졌다.

강여운이 마주 고개를 숙여 인사를 한 뒤 조곤조곤 자신의 말을 전하자 마음이 사르르, 풀려버린 것이었다.

게다가 강여운의 말뜻에는 중국 드라마 출연 의향이 들어 있었다.

설레는 마음을 감추며 후앙 훼이가 이 부분에 대해서 물었다.

"오호…… 혹시 강여운 양께선 저희가 합작할 드라마에 출연할 의향이 있으신 겁니까?"

강여운이 미소 지으며 고개를 끄덕였다.

"물론이죠. 규모만으로는 모든 것이 할리우드 못지않은 곳이 바로 여기, 중국이니까요. 한국의 드라마와는 다른 느낌의 훌륭한 작품이 나올 것이라고 생각해요. 기회가 된다면 꼭 저를 써주세요!"

강여운의 의욕적인 모습에 후앙 훼이의 입이 헤, 하고 벌어지는 것이 보였다.

특히 '기회가 된다면 꼭 저를 써주세요!' 라고 하는 대목에서 강여운이 귀여운 척을 한 게 통한 모양이었다.

'정말 여운이를 좋아하는 모양이구나…….'

이런 생각을 하며 정호가 고개를 돌렸다.

그런데 놀랍게도 그 옆에는 강철두를 비롯한 충쳉의 다른 인물들조차 강여운의 모습에 반해 있었다.

심지어 삼합회 소속으로 보이는 몇몇 사내들은 큼, 큼 헛기침을 하기도 했다.

그 광경을 보며 정호가 고개를 절레절레 저었다.

그리고 자신도 모르게 이런 생각을 했다.

'우리 여운이가…… 이렇게 커버렸구나…….'

그 자리에는 단 한 사람, 민봉팔만이 정호와 함께 고개를 절레절레 젓고 있었다.

모두가 강여운의 연기에 속고 있는 중이었다.

후앙 훼이와의 식사는 즐거웠다.

강여운의 등장 이후 화기애애한 분위기가 줄곧 이어진 덕분이었다.

특히 레스토랑의 맛있는 음식이 이곳에 모여 있는 사람들을 즐겁게 했다.

정호가 속으로 생각했다.

'전체적으로 맛이 괜찮군. 음식들이 중국인의 입맛보다는 한국인을 배려한 인상이 강해. 다른 일행들의 표정도 좋고. 전부 음식에 흡족해하는 것 같아.'

식사가 끝날 때쯤 어떻게 이런 음식이 나올 수 있었는지 사정을 알 수 있었다.

후앙 훼이가 물었다.

"어떻습니까? 음식은 입에 맞으셨습니까?"

어느새 후앙 훼이와 굉장히 친해진 강여운이 대답했다.

"굉장히 맛있네요. 사실 저번에 왔을 때는 중국 음식이 입에 맞질 않아서 고생했는데, 여긴 아주 괜찮아요."

후앙 훼이가 하하하, 웃으며 말했다.

"주방장에게 특별히 지시하여 음식 맛을 조절했기 때문입니다. 강여운 양이 중국 음식이 입에 맞지 않아 고생했다는 인터뷰 기사를 봤거든요. 아마 한국인 입맛에 맞도록 신경 쓰느라 주방장이 고생했을 겁니다."

숨겨진 사연을 깨닫고 정호 일행이 옆에 서 있던 주방장에게 감사 인사를 전했다.

음식이 나올 때마다 음식에 대해서 길게 설명을 늘어놓았던 주방장에게 고마움을 느끼게 된 순간이었다.

그 모습을 보며 흡족하게 웃던 후앙 훼이가 말했다.

"이쯤이면 얼추 식사가 끝난 것 같은데 이만 자리를 옮길까요? 바로 위층에 미팅을 갖기에 알맞은 장소를 마련해 두었습니다."

정호를 비롯한 나머지 일행들이 고개를 끄덕였다.

이제 본격적으로 사업 얘기를 할 때였기 때문이었다.

정호가 후앙 훼이의 말에 대꾸했다.

"그럼 올라가시죠. 여운이는 어떻게 할래?"

대충 돌아가는 눈치로 자신이 빠져야 할 타이밍이라는 걸 알고 있던 강여운이 대답했다.

"저는 아까 올 때 같이 온 해외영업부 중국팀 직원분과 숙소로 돌아갈게요."

강여운의 말에 후앙 훼이가 아쉽다는 표정을 지었다.

후앙 훼이만이 아니라 순식간에 강여운의 팬이 되어버린 이 자리의 모든 사람들도 아쉽다는 표정을 지었다.

그러다가 강철두가 아쉬워하는 모습을 발견하고 정호가 생각했다.

'강 이사는 왜 아쉬워하는 거야? 이따가 저녁이면 또 볼 텐데…… 벌써 현지화가 끝난 건가……?'

그사이 강여운이 후앙 훼이에게 다가가 작별 인사를 했다.

"저는 이만 가보겠습니다. 모쪼록 오늘 얘기가 잘 끝나서 제가 중국 드라마에 출연할 수 있으면 좋겠네요."

또다시 후앙 훼이가 헤, 하고 벌어진 입을 주체하지 못하더니 결연한 표정으로 대답했다.

"오늘 반드시 컬처 필드와의 협약을 완료해 보이겠습니다. 그럼 조심히 들어가십시오."

후앙 훼이의 행동을 보고 순간 방금 강여운이 충쩡을 응원했던 것인가 착각이 들었지만 정호는 그러려니 하고 넘어가기로 했다.

후앙 훼이 쪽에서 결의에 불타 준다면 정호 입장에서는 고마운 일이었다.

강여운이 끝까지 열연을 펼쳐준 덕분에 일이 쉽게 돌아간다고 생각하는 정호였다.

◇　◆　◇

그렇게 강여운을 보낸 정호 일행은 후앙 훼이와 함께 위층으로 이동했다.

물론 충칭의 주요 인사들도 함께였다.

워낙 후앙 훼이의 존재감이 커서 그렇지, 후앙 훼이와 함께 온 주요 인사들도 무게감이 대단한 편이었다.

충칭의 대표와 이사들이 전부 모여 있었기 때문이었다.

충칭에서 후앙 훼이의 공식 직함은 자문이사였다.

삼합회에게 집중되기 마련인 감시와 경계의 시선을 분산시키기 위한 전략인 듯 보였다.

본격적인 회의가 시작되자마자 후앙 훼이도 이 부분을 지적하며 말했다.

"삼합회의 간부 중 한 사람이 뒤에 있다는 사실 때문에 큰 피해를 보고 있죠. 충칭은 깨끗합니다. 나쁜 건 삼합회일 뿐이에요."

후앙 훼이의 말에 충칭의 주요 인사들이 난감하다는

반응을 보였다.

'나쁜 건 삼합회라니…… 꽤나 대담한 말투군. 역시 삼합회의 권력자라 이건가?'

이후 어떻게 될지는 모르지만 삼합회의 최근 행보는 삼합회치고 꽤나 얌전한 편이었다.

후앙 훼이 이전에 온건파 수장이었던 삼합회의 간부가 삼합회의 지배자에 올랐기 때문이었다.

그에 따라 삼합회는 전쟁이 아닌 사업을 위한 행보를 보이고 있었다.

여전히 불법적인 사업에서 완전히 손을 떼지 못하고 있었지만, 합법적인 사업도 많이 벌이고 있었다.

자연스럽게 삼합회 온건파가 수장 자리에 오른 후앙 훼이가 충칭과 같은 기업을 만들어 운영을 할 수 있을 만큼의 여유도 생겼고.

'삼합회뿐만이 아니다. 일본의 야쿠자와 러시아의 마피아도 예전과는 다른 행보를 보이고 있지. 깊게 관계를 맺어서는 좋지 않겠지만 이런 사업 정도는 괜찮다는 뜻이다.'

어차피 더러운 일과는 전혀 상관이 없는 컬처 필드였다.

삼합회로서도 컬처 필드를 이용하여 얻을 수 있는 이익이 없었다.

'이건 결국 충칭과 컬처 필드만의 일이다. 삼합회는 한경수를 견제하기 위한 그림자에 지나지 않아.'

후앙 훼이도 해당 부분에 대해서 확실히 선을 그었다.

뿐만 아니라 해당 부분에 대한 조항을 넣기를 원한 것도 후앙 훼이 쪽이었다.

"만약 삼합회로서 충청에게 뭔가를 바란다면 해드릴 수 있는 일은 없습니다. 또한 계약서에 이와 관련된 조항을 넣고 싶습니다."

후앙 훼이의 지시를 따라 충청의 주요 인사가 계약서를 내밀었다.

정호가 확인해 보니 구체적인 예를 들어서 폭력적이고 불법적인 행위를 금지하는 조항이 들어 있었다.

협력 관계 중 폭력적이고 불법적인 행위가 벌어진다고 여겨졌을 때, 상호 합의 없이 일방적으로 계약을 파기할 수 있다는 조항이었다.

전문가의 손길이 필요할 때였다.

정호가 계약서를 양 팀장에게 건넸다.

계약서를 건네받은 양 팀장이 해당 부분을 꼼꼼하게 확인하더니 정호를 향해 고개를 끄덕였다.

양 팀장은 유명 로스쿨 출신으로 법과 관련된 사항을 다루는 데 능통했다.

해외영업부 중국팀의 팀장으로 양 팀장이 파견된 것도 현지의 법과 관련된 부분을 사전에 알아보기 위한 포석이기도 했다.

이 자리에 따로 법무팀을 대동하지 않은 이유도 그 때문이었다.

정호가 입을 열었다.

"이런 조항이 들어가는 걸 저희가 마다할 이유는 없죠. 충첸의 배려에 감사드립니다."

후앙 훼이가 웃으며 말했다.

"본격적인 협력 관계에 들어서기 전, 그저 이 부분을 확실히 할 필요가 있다고 여겼을 뿐입니다. 이제 그럼 진짜 협약을 맺어 보도록 할까요?"

후앙 훼이는 많은 걸 양보했다.

후앙 훼이는 누구보다 충첸의 상황을 잘 인지하고 있었다.

"저희 충첸은 신생 회사이고 작은 회사입니다. 몇 차례 자체 제작 드라마를 성공시켜 시우와 투피안의 아성을 넘볼 수 있게 되었지만, 그렇다고 해서 드라마 제작 능력이 탁월하다고 생각하지는 않습니다."

정호가 동의했다.

확실히 충첸은 시우와 투피안에 비하면 손색이 있는 편이었다.

특히 연출 능력이나 대본 창작 능력에서 부족한 부분이

매니지먼트의 제왕 8

많았다.

무엇보다 캐릭터의 중요성이 두드러지는 드라마 시장이 아니었다면 충쳉은 따끔한 실패를 맛봤을 것이다.

후앙 훼이가 계속 말을 이었다.

"그래서 부탁드리고 싶습니다. 모든 물적, 인적 자원을 지원할 테니 컬처 필드에서 좋은 연출가와 드라마 작가를 소개해 주십시오. 캐스팅 권한까지도 최대한 컬처 필드에게 넘기겠습니다."

파격적인 제안이었다.

동시에 한편으로는 납득이 가는 제안이기도 했다.

시우, 투이안과 경쟁을 해야 하는 충쳉의 입장에서 이 정도 조건이 아니라면 컬처 필드를 잡기가 힘들었기 때문이었다.

바꿔 말하면, 컬처 필드가 마음만 먹는다면 비슷한 조건으로 어떤 중국 드라마 제작사와 협약을 맺을 수도 있다는 뜻이었다.

다시 인맥을 쌓아야 한다는 점에서 시간이 오래 걸리고 충쳉 수준의 물적, 인적 지원을 받을 수 없다는 단점이 있긴 하지만 이론적으로는 충분히 가능한 일이었다.

'하지만 미네르바와의 경쟁 관계에 있는 우리 상황에서 충쳉 정도의 카드를 손에 넣기란 힘들지. 후앙 훼이가 사전에 이런 사정을 알고 있었다면 이렇듯 굽히고 들어올 일도 없었겠지. 이 부분은 다행이야.'

후앙 훼이가 정호의 대답을 기다렸다.

정호는 후앙 훼이에게 원하는 대답을 들려줬다.

"좋습니다. 이 일을 기회 삼아 컬처 필드와 충칭 모두 보다 더 높은 곳으로 올라갈 수 있길 바라겠습니다."

◇ ◆ ◇

계약이 마무리됐다.

컬처 필드와 충칭이 협약을 맺었고 우선 한 편의 드라마를 함께 제작하기로 했다.

후앙 훼이는 계약을 마치고 서둘러 자리에서 일어났다.

정호 일행과 함께 술이라도 한잔하고 싶지만 바빠서 그럴 수 없다며 아쉬워했다.

후앙 훼이가 작별 인사를 하며 말했다.

"조만간 시간을 내겠습니다. 꼭 오 대표님과 다시 얘기를 나누고 싶군요."

후앙 훼이의 말투에서 얼핏 드라마에 대한 열정이 느껴졌다.

그와 동시에 정호는 후앙 훼이라는 사람에 대해 확신할 수 있었다.

'드라마에 대한 열정이 엄청난 사람이군. 여운이 앞에서 그런 행동을 보인 것이 이해가 된다.'

그리고 정호는 어째서 이전의 시간에서 후앙 훼이와 인연이 없었는지 알 수 있었다.

'이렇게 열정이 가득한 사람이니 나와 인연이 없었겠지. 과거의 나는 이런 열정을 감당할 수 있는 인물이 아니었으니깐……'

하지만 이번 삶에는 정호도 열정을 가진 인물로 재탄생했다.

정호가 후앙 훼이에게 대답했다.

"그때가 무척이나 기대가 되는군요. 시간 비워두고 연락 기다리겠습니다."

그렇게 미소를 지으며 후앙 훼이를 비롯한 충칭의 주요 인사들이 자리를 떴다.

정호는 후앙 훼이의 뒷모습을 지켜보다가 멀어질 때쯤 속으로 반드시 충칭과의 합작 드라마를 성공시키겠다는 다짐을 했다.

'충칭의 도움은 물적, 인적 자원만으로도 충분하다. 나머지는 나와 컬처 필드의 능력으로 채워서 꼭 이번 일을 성공시켜 보이자!'

혼자 다짐을 하고 있을 때 정호의 곁으로 민봉팔이 다가왔다.

"너 또 혼자서 모든 걸 전부 처리하려는 건 아니지?"

강철두도 옆으로 다가왔다.

"맞습니다, 총 대표님. 이번에는 저희한테도 기회를 주십시오."

믿음직스러운 두 사람의 모습에 정호가 고개를 끄덕였다.

확실히 이 두 사람만 있으면 못 할 것이 없다는 생각이 들었던 것이다.

정호가 미소를 지으며 농담조로 말했다.

"두 사람이라면 제가 확실히 믿죠. 그나저나 강 이사님, 아까 여운이가 갈 때 굉장히 아쉬워하던데 왜 그런 거예요?"

정호의 기습에 강철두가 당황하며 대답했다.

"다른 분들이 워낙 아쉬워하니깐 저도 괜히…… 오해는 하지 마십시오. 강여운 양에게 전혀 관심이 없습니다."

민봉팔이 강철두의 말을 받았다.

"그래. 안심해, 정호야. 강 이사님은 여운이한테 진짜 관심 없대."

강 이사를 놀리려던 정호는 어째서 다른 사람들이 자신을 놀리는 듯한 기분이 드는지 알 수 없었지만 순순히 고개를 끄덕였다.

"아, 그래? 그렇다면 그렇겠지, 뭐……."

그렇게 정호는 연애 고자로서 오늘도 열정적으로 일을 하는 중이었다.

23장. 핑크빛 하루?

    숙소로 돌아온 정호는 일행을 며칠 쉬도록 할 생각이었다.

    후앙 훼이라는 거물급 인사를 반나절 내내 상대했으니 반드시 휴식이 필요했다.

    게다가 정호 일행은 지금껏 제대로 된 휴식을 취하지 못한 상태였다.

    컬처 필드를 발족시키고 국내 시장에서 미네르바와 신경전을 벌이느라 도저히 쉴 틈이 없었다.

    정호는 이 점을 생각하며 일행들에게 말했다.

    "자, 오늘부터 3일간 휴식을 취합시다. 마침 저희를 서포

트해 줄 컬처 필드의 총기획팀도 기다려야 하니, 관광도 하고 맛있는 것도 먹으면서 좀 쉬는 거죠. 어때요?"

정호의 물음에 강철두가 답했다.

"저는 좋습니다. 제가 쉬는 동안 총 대표님께서 일을 하시지 않는다면요."

정호가 손사래를 치며 대답했다.

"안 할게요. 저도 이번에는 쉴 겁니다."

민봉팔이 끼어들었다.

"쉰다고 하면서 또 중국 드라마를 모니터링하거나 국내 상황을 정리하겠지. 하지만 난 쉴란다. 그게 쉬는 거라는데 내가 어찌 말리겠어."

강철두가 웃으며 민봉팔의 말을 받았다.

"아하, 그러고 보니 총 대표님의 쉰다는 것은 그런 의미를 가졌군요. 그럼 저도 제 나름의 방식대로 쉬겠습니다."

정호가 한숨을 내쉬며 대꾸했다.

이건 명백히 두 명의 이사가 정호에게 제대로 쉬라고 압박을 넣는 것이기 때문이었다.

"휴~ 알겠습니다. 저도 이번에는 모니터링도 안 하고 국내 상황 정리도 안 할게요. 일광욕하듯이 아무것도 하지 않고 앉아서 미세먼지나 쐬도록 하겠습니다. 그러니깐 두 이사님도 푹 쉬십시오."

정호의 말에 민봉팔이 환호했다.

"오호, 그렇다면 진짜 제대로 쉴 수 있겠는걸?"

강철두도 이어 말했다.

"다행이군요. 저희들의 마음을 총 대표님이 알아주신 모양입니다."

그렇게 휴식이 결정됐고 일행은 각자의 방으로 흩어졌다.

양 팀장과 그의 직원들은 여전히 후앙 훼이와의 일에서 실수했다고 생각하는지 일을 하겠다는 열의로 가득했지만, 정호는 그들 역시 휴식을 취하도록 지시했다.

정호 일행이 이곳으로 오기 전부터 다양한 중국 드라마 제작사들과 지속적으로 접촉하며 고생했을 것이 빤했기 때문이었다.

"쉬세요. 쉬는 것도 업무의 중요한 일부분입니다."

양 팀장과 그의 직원들이 고개를 끄덕인 뒤 밖으로 나갔고 그 모습을 끝까지 지켜본 뒤 정호가 비로소 움직이기 시작했다.

이번에는 정호도 두 이사에게 말을 한 것처럼 마음 편히 휴식을 취할 생각이었다.

하지만 그 전에 꼭 만날 사람이 있었다.

그 사람은 다름 아닌 강여운이었다.

◇ ◆ ◇

강여운 호텔방의 문 앞에 선 정호가 벨을 눌렀다.

"누구세요?"

"여운아, 나야."

정호가 대답하자 잠시 후, 호텔방의 문이 조심스럽게 열렸다.

강여운이 쌩얼로 빼꼼 고개를 내민 채 물었다.

"무슨 일이에요? 나 방금 화장 지워서 급한 일 아니면 여기서 듣고 싶은데……."

정호가 대답했다.

"아아. 다름이 아니라 아까 고마웠다고 말하려고. 네가 노력해 준 덕분에 후앙 훼이와 좋은 계약을 맺을 수 있었어. 그런 거물급 인사를 상대하는 게 쉽지 않았을 텐데…… 정말 고맙다."

정호의 감사 인사를 들은 강여운이 문을 살짝 더 열며 말했다.

"뭐, 그 정도야 별것 아니죠. 후앙 훼이가 징그럽게 달려드는 매너 나쁜 남자도 아니었고."

강여운의 말에 정호가 미소를 지었다.

이게 강여운의 매력이었다.

뭐든지 솔직하게 자신의 생각을 말하는 것.

그러면서도 남에 대한 배려를 잊지 않는 것.

그래서 정호는 가끔 그런 생각을 했다.

첫 번째 시간 결제를 했을 때 '김교빈 생일 파티 사건'으로 돌아간 것이 결코 우연은 아닐 거라고.

정호가 생각을 정리하며 말했다.

"어쨌든 그 말 전하려고 왔어. 너도 오늘 푹 쉬어. 이틀 후에 화보 촬영을 하려면 맛있는 것도 먹고 잠도 푹 자고 그래야지."

그렇게 말한 뒤, 돌아섰다.

정호는 이제 진짜 자신의 호텔방으로 돌아가 휴식을 취할 생각이었다.

그때였다.

강여운이 정호를 불렀다.

"오빠!"

갑작스러운 부름에 정호가 몸을 돌렸다.

강여운은 호텔방의 문을 활짝 연 채 정호를 부르고 있었다.

'쌩얼 때문에 문 뒤에서 얘기를 하고 싶다더니…….'

정호는 이런 생각을 하며 속으로 웃었다.

그리고는 물었다.

"응, 왜?"

강여운이 망설이는 기색으로 물었다.

"저…… 저기……."

"응, 뭔데?"

"어…… 오빠, 오늘 일이 정말 고마워요?"

방금 고맙다고 했는데 무슨 일인가 싶었지만 정호는 순순히 대꾸했다.

"응, 그런데?"

강여운이 고개를 끄덕이며 뭔가를 결심하듯 말했다.

"그렇게 고마우면 내일 나한테 저녁 사줄래요?"

◇ ◆ ◇

자신의 호텔방으로 돌아온 정호는 샤워를 끝내고 몸을 던지듯 침대로 풀썩, 뛰어들었다.

그런 뒤, 바로 잠이 들었다.

피곤하긴 피곤했던 모양이었다.

정호는 단 한 번도 깨지 않고 푹 잠을 잤다.

조식을 거른 것은 물론, 중식까지도 걸렀다.

일어나 보니 오후 다섯 시였다.

정호가 머리를 긁적이며 생각했다.

'이렇게나 자버렸군…….'

어쩔 수 없는 일이었다.

시간 결제 능력도 만능이 아니었다.

다시 말해서 정호조차도 지배할 수 없는 시간이 있다는 뜻이었다.

그건 바로, '피곤할 때의 시간'이었다.

'시간 결제 능력은 시간을 효율적으로 사용하는 데 도움을 주지만 그것을 이용하여 육체의 피곤함을 없애거나 할 방법은 없지. 물론 잘못된 선택을 바로잡을 수 있다는 것만으로도 충분히 대단한 능력이긴 하지만……'

어쨌든 정호가 그런 잡다한 생각을 하고 있을 때였다.

문득 배가 고파졌다.

조식과 중식을 걸렸으니 당연한 결과였다.

정호는 다시 시간을 확인하며 생각했다.

'다섯 시라…… 씻고 나갈 준비를 하면 딱 여섯 시가 되겠군. 여운이랑 저녁을 약속한 시간이다.'

그랬다.

정호는 어제 흔쾌히 강여운의 저녁 식사 제의를 받아들였던 것이다.

샤워실로 들어가면서 정호가 생각했다.

'갑자기 저녁 식사라니 무슨 생각인지…… 맛있는 걸 같이 먹을 사람이 필요했나? 하긴 매니저도 데려오지 않은 상태였으니……'

현재 강여운의 전담 매니저는 총괄매니지먼트부 3팀의 팀장이 된 김만철과 새로 입사한 매니저 한 사람이었다.

하지만 충동적으로 두 사람을 떼어놓은 강여운은 정호 일행과 함께 중국행 비행기에 올랐다.

게다가 떼어놓고 온 것은 두 사람만이 아니었다.

강여운은 전담 의상팀조차도 동행하지 않았다.

매니저 두 사람과 전담 의상팀은 화보 촬영 당일 아침에 나 도착할 예정이었다.

이전 전담 매니저였던 정호, 민봉팔과 함께 이동하는 것이었기 때문에 가능한 선택이었지만, 다소 무모한 부분이 없지 않았다.

'그러니깐 전담 매니저랑 같이 왔으면 될 거 아니야…….'

정호는 이런 생각을 하면서 샤워를 했다.

그리고 옷을 갈아입을 때쯤에는 다른 생각을 했다.

'그래도 오랜만에 여운이랑 단둘이 밥을 먹는 것도 나쁘지 않지. 가만, 이 자리에 민봉팔과 강철두도 데려가야 할까?'

정호가 고개를 절레절레 흔들었다.

'괜히 각자 쉬고 있는 두 사람을 부를 필요는 없지. 왠지 모르지만 여운이도 화를 낼 것 같고. 나도 괜히 그건 싫다.'

그렇게 나갈 준비를 끝마치고 시간을 확인하자 다섯 시 오십 분이었다.

정호는 강여운을 만나기 위해 호텔방을 나섰다.

◇ ◆ ◇

정호와 강여운이 향한 곳은 호텔 근처에 있는 이탈리안 레스토랑이었다.

중국 음식보다는 이쪽이 당긴다고 하기에 정호가 미리 예약한 곳이었다.

레스토랑으로 들어서자마자 상기된 뺨을 한껏 부풀리며 강여운이 말했다.

"와, 분위기 너무 좋은데요?"

정호가 더듬거리며 말했다.

"아, 그…… 그래?"

강여운이 대답 대신 미소를 지은 채 고개를 끄덕였다.

"하하하, 다행이네."

정호는 지금 사실 무척 당황한 상태였다.

평소와는 달리 강여운이 너무나도 예뻐 보였기 때문이었다.

'뭐지……? 뭐가 문제지……? 오늘 입은 원피스 때문인가……? 아니면 바뀐 화장……?'

정호가 이런 생각을 하고 있을 때였다.

강여운이 말했다.

"오빠, 뭐 해요? 어서 들어가요."

"으, 응."

두 사람은 레스토랑 직원의 안내를 받아 지정된 자리에 앉았다.

광저우의 야경이 잘 드러나는 창가 쪽 자리였다.

고층 건물 꼭대기에 위치한 레스토랑이라서 그런지 확실히 전망이 뛰어났다.

하지만 화려한 광저우의 야경 따위는 정호의 눈에 들어오지 않았다.

왠지 마음이 심란했기 때문이었다.

'어색하네……. 이러면 안 되는데…….'

다행이라고 해야 할까.

정호의 우려를 강여운이 종식시켰다.

음식이 나오기 전, 어쩔 수 없이 발생하는 어색한 분위기를 특유의 수다로 잠재운 것이다.

덕분에 정호는 마음 편히 강여운의 말에 맞장구치며 음식을 기다릴 수 있었다.

음식이 나온 후에도 강여운의 수다는 계속됐다.

"와! 여기 고등어 파스타 진짜 맛있네요. 로즈마리 향이 과하지도 않고 딱 적당한 게 마음에 들어요. 오빠는 어때요?"

"나도 괜찮은데? 오일 파스타인데도 비린내가 안 나고, 그렇다고 기름기가 많은 것도 아니야. 중국 사람들이 이런 기름기 없는 음식을 좋아할까 싶은 생각이 들 정도라니깐."

계속 이런 식이었다.

강여운이 묻고 정호가 답했다.

그러면서 자연스럽게 분위기가 풀렸다.

이와 더불어 분위기가 점차 두 사람을 오묘한 곳으로 데려갔다.

◇ ◆ ◇

식후 와인을 마시며 대화를 나누던 때였다.

즐거운 분위기 취해 있던 정호는 갑자기 정신이 드는 것을 느꼈다.

'벌써 시간이 이렇게…… 평소보다 과음을 한 모양이군…….'

과음을 한 것은 강여운도 마찬가지였다.

평소보다 볼이 빨갛게 달아올라 있었다.

정호는 그 모습을 보며 후회했다.

'룸으로 된 레스토랑이라서 그런가? 괜히 마음이 편해져서 내일 화보 촬영이 있는 애를 너무 오랫동안 괴롭혔군. 이제 숙소로 들어가야겠다.'

이런 생각을 하며 정호가 강여운에게 돌아가자는 말을 하려고 했다.

그런데 그 사실을 먼저 눈치 챈 강여운이 선수를 쳤다.

"가려고요? 더 안 마시고?"

정호가 답했다.

"돌아가야지. 나도 슬슬 취기가 오른다. 게다가 너 내일 화보 촬영도 있잖아."

강여훈이 휴, 하고 한숨을 쉬었다.

그러더니 중얼거리듯 말했다.

"들어가야죠……. 아직 듣고 싶은 말은 못 들었지만……."

정호는 너무 작아서 강여운의 뒷말이 잘 들리지 않았지만 신경 쓰지 않고 주섬주섬 자리에서 일어났다.

그러고는 강여운에게 다가가 강여운의 짐을 챙겼다.

그 순간, 갑자기 강여운이 정호의 팔을 잡았다.

정호가 당황스러운 마음을 감추며 물었다.

"응, 왜?"

하지만 강여운은 바로 대답하지 않고, 그저 정호를 물끄러미 바라봤다.

한참을 그러더니 말을 꺼냈다.

"오빠, 나한테 뭐 할 말 없어요?"

정호가 잠깐 생각하다가 말했다.

"음…… 숙취 음료 사다줄까? 중국이라서 있을지는 모르겠다."

정호의 말에 강여운이 고개를 저으며 말했다.

"그거 말고요. 다른 거."

"다른 거, 뭐?"

강여운이 다시 한 번 휴, 하고 한숨을 쉬었다.

그런 뒤, 결심했다는 듯 말했다.

"그냥 내가 말해야겠다……. 오빠."

이쯤 되니 정호는 괜히 짜증이 났다.

'무슨 얘기인데 이렇게 뜸을 들이는 걸까……?'

이런 생각도 들었다.

정호의 짜증을 날려버리려는 듯 강여운이 말했다.

그리고 이어진 강여운의 말에 정호는 정신이 아찔해지는 걸 느꼈다.

"나 오빠 좋아해요. 아니, 사랑해요."

오랜만에 잊고 있었던 목소리가 머릿속에 울려 퍼진 것은 그때였다.

—시간을 결제하시겠습니까?

24장. 독특한 되물림

정호는 당황스러웠다.

강여운이 갑자기 예뻐 보였을 때와는 비교도 되지 않을 정도의 당황스러움이 현재 정호를 엄습하고 있었다.

'이…… 이게 무슨……? 여운이가 지금 날 사랑한다 말하고 있는 건가……?'

지금까지 누군가를 제대로 사랑해본 적이 없는 정호였다.

연예계에서 활동을 해왔던 만큼 배우나 가수 등을 가리지 않고 다양한 사람과 연애를 해봤지만 그건 제대로 된 사랑이 아니었다.

성공을 위한 과정에서 사랑은 언제나 뒷전이었고, 정호와 연애를 했던 사람들은 상처를 안은 채 정호의 곁을 떠났기 때문이었다.

그러다 보니 이전의 시간에서 정호는 주변 사람들이 하나둘 신부의 손을 잡고 식장 안으로 들어갈 때 언제나 박수를 치는 하객의 역할을 맡아야 했다.

그게 정호가 아는 사랑의 전부였다.

나에게는 없고, 남에게는 존재하는 것.

그게 사랑이었다.

그리고 이번의 삶에서도 그런 사랑이 계속될 거라고 막연히 생각했다.

여전히 자신은 성공을 위해 치열하게 달리고 있기만 했으니깐.

그런데 지금 강여운의 고백을 받은 것이었다.

당연히 정호로서는 이 일이 믿기지가 않았다.

하지만 다행히도 지금 어떤 상황이 펼쳐지고 있는지를 금세 깨달을 수 있었다.

'생각해 보니 몇 년 전 이와 비슷한 일이 있었지…….'

정호에게 아직 주변을 돌아볼 여유가 있었던 시간 결제 초기의 일이었다.

그때 정호는 강여운이 자신을 연애의 대상으로 본다는 느낌을 받은 적이 있었고 그 감정을 밀어냈다.

데뷔 후 이제 막 날아오르기 시작한 강여운이 자신으로 인해 망가지는 걸 원하지 않았기 때문이었다.

또한 성공을 위해 뒤를 돌아보지 않는 자신이 누군가의 연인이 될 수 있을 거라는 생각도 할 수 없었던 때였다.

'윤 대표님이 중간에 끼어들면서 꽤나 복잡해졌던 일이었지. 그때 여운이의 감정이 전부 정리됐을 거라고 생각했는데…….'

하지만 그건 정호의 착각이었던 모양이었다.

강여운이 생각에 빠져 있는 정호를 향해 말했다.

고개를 숙인 채 자신감 없는 목소리로.

"계속…… 계속 오빠를 좋아했어요…… 오빠가 뒤를 돌아보지 않는 사람이라는 걸 알았지만…… 오빠를 향한 마음을 멈출 수가 없었어요…… 그래서 결심했어요…… 오빠를 날아오르게 두자…… 그리고 나도 거기까지 날아가자…… 가장 높은 곳에서 오빠를 만나자……."

강여운의 애틋함이 정호의 마음을 짜르르, 울리게 했다.

정호가 그런 마음을 담아 강여운의 이름을 불렀다.

"여운아……."

고개를 숙인 채 말을 이어가던 강여운이 고개를 들면서 말했다.

이번에는 조금 더 심지가 굳은 목소리였다.

"오빠가 더 높은 곳으로 가려고 한다는 걸 알아요……

그 과정에서 누군가를 사랑할 여유도 별로 없다는 걸 알아요…… 하지만 오빠에게 꼭 말해주고 싶었어요…… 직장 상사로서, 동료로서, 친구로서 오빠를 사랑하는 사람만 있는 게 아니라, 이성으로서도 오빠를 사랑하는 사람이 있다는 것을……."

정호가 할 말을 잃고 강여운을 바라봤다.

그 모습에서 강여운은 정호의 부정적인 대답을 예감한 듯 한쪽 눈으로 흐르는 눈물을 몰래 손으로 훔쳤다.

그러고는 말을 이어 나갔다.

"그러니깐 부담 갖지 말아요…… 날 받아 달라고 하는 얘기가 아니니깐……."

하지만 정호가 준비하고 있는 것은 거절의 말이 아니었다.

정호는 있는 그대로 느껴지는 강여운의 마음을 느끼고 있는 중이었다.

데뷔 초부터 조금씩 남몰래 사랑을 키워 온 마음.

소중히 간직하던 그 사랑이 너무 커져서 지금 이 자리에서 털어놓을 수밖에 없었던 마음.

그걸 털어놓는 순간에서도 정호의 부담을 덜어주기 위해 말을 고르고 또 고르는 마음.

강여운의 모든 마음이 정호의 마음으로 전해졌고, 그 순간 정호의 마음속에 자리 잡고 있던 무언가가 깨어났다.

다시 한 번 이 순간에서 달아나라며 의문의 목소리가 울러 퍼졌다.

—시간을 결제하시겠습니까?

하지만 정호는 이 목소리를 무시했다.

갑자기 깨어난 잊고 있던 그 마음을 지키기 위해서, 지금 이 순간 자신의 눈앞에서 자신의 대답을 기다리고 있는 사람에게 자신도 고백을 해야 했기 때문이었다.

정호가 강여운을 찬찬히 바라본 뒤 입을 열었다.

"나도 널 사랑해."

정호의 말에 눈물 맺힌 강여운의 눈이 동그랗게 커졌다.

그 모습을 보며 정호가 계속 말했다.

부드러운 미소를 머금은 채로.

"멋지지 않게도 그 사실을 방금 깨달았어. 하지만 이걸 바로잡기 위해 노력하진 않을래. 대신 약속할게. 너를 가장 열심히 사랑할게. 네가 행복할 수 있게 해줄게. 이런 나라도 괜찮겠니?"

강여운이 미소를 지은 뒤 고개를 끄덕였다.

눈가에 맺혀 있던 눈물이 뺨을 타고 흘러내렸지만, 강여운은 그걸 닦지 않았다.

대신 장난기 어린 목소리로 대답했다.

"물론이죠. 하지만 괜히 나한테 시간을 쏟으면서 너무 열심히 할 필요 없어요. 어차피 열심히 하는 것보다 중요한 건 잘하는 거니까요.”

정호의 마음을 받아들이는 순간에도 정호의 부담감을 덜어주려는 마음.

그걸 느끼는 순간, 정호는 참지 못하고 강여운의 입술을 자신의 입술로 막았다.

첫 번째 시간 결제 후, 꾸준히 이어져 왔던 두 사람의 진심이 드디어 통하고 있었다.

다음 날.

강여운은 화보 촬영장으로 떠났고 정호는 휴식을 취했다.

정호가 촬영장을 따라가겠다고 했지만 강여운이 고개를 저으며 대답했다.

“모처럼의 휴식인데 좀 쉬어야죠. 걱정하지 말아요. 잘 해내고 올게요.”

정호는 자신의 여자 친구가 사소한 배려를 할 줄 아는 소중한 사람이라는 걸 새삼 깨달으며 고개를 끄덕였다.

그렇게 강여운이 촬영장으로 향했다.

호텔에 남은 정호는 계획대로 휴식을 취했다.

민봉팔, 강철두와 함께 조식과 중식을 먹었고 그 사이의 시간은 전부 잠으로 채웠다.

그런 뒤, 촬영을 마치고 돌아온 강여운과 석식을 먹었다.

그리고 그 자리에서 민봉팔, 강철두에게 두 사람이 연인이 됐음을 전했다.

많은 사람들이 알고 있어서 좋을 것은 없었지만 알아야 할 사람들은 알아야 하는 일이었다.

그게 괜한 루머를 막고 연인으로 지내는 데 도움을 받을 수 있는 방법이었다.

정호와 강여운의 얘길 듣고 난 뒤 민봉팔과 강철두가 격렬하게 반응했다.

먼저 강철두가 진심으로 두 사람을 축복해 줬다.

"아아! 드디어 두 분의 마음이 이어졌군요! 축하드립니다! 그나저나 총 대표님이 연애까지 잘하면 곤란한데요. 단점이 없는 상사를 모시는 건 정말 힘든 일이거든요."

강철두의 말에 정호가 손사래를 치며 대꾸했다.

"이제 막 시작한 단계입니다. 여러모로 단점이 될 가능성이 더 높다는 뜻이죠."

강철두가 하하하, 웃으며 말했다.

"그렇군요. 그렇다면 다행입니다. 어쨌든 두 분이 연인이 된 것을 다시 한 번 축하드립니다."

이어서 민봉팔이 입을 열었다.

"축하한다. 이거 어째 마음이 이상한걸? 괜히 나만 따돌려진 기분이야."

민봉팔의 말을 듣고 강여운이 끼어들었다.

"따돌려졌다뇨. 오히려 우릴 따돌린 사람은 봉팔 오빠죠."

민봉팔이 당황했다.

"내, 내가?"

정호가 뭔가 이상한 낌새를 느끼며 물었다.

"너 설마 나한테 감추고 누굴 만나고 있는 건 아니지?"

민봉팔은 양 손바닥을 앞으로 내밀며 빠르게 흔들었다.

동시에 당황한 기색이 역력한 목소리를 대답했다.

"아, 아니야. 저, 절대 그럴 리가 없지."

강여운이 눈을 가늘게 뜨며 입을 열었다.

"그게 정말이에요? 제가 알기로 얼마 전에 지연이랑 데이트를 했다는 거 같았는데……."

강여운의 말을 듣고 민봉팔이 깜짝 놀랐다는 표정을 지었다.

놀란 것은 민봉팔만이 아니었다.

정호도 놀랐다.

"지연이? 설마 내가 아는 임지연?"

임지연은 〈신사의 품위〉에서 김메아리 역할을 맡았던 청월 소속 배우였다.

흔히 '슈퍼 조연'이라는 별명으로 불렸고 삶과 연기에 대한 태도로 정호에게 강렬한 인상을 심어준 바 있는 인물이었다.

강여운이 대답했다.

"맞아요, 그 임지연."

정호가 민봉팔을 노려보며 말했다.

"너 그런 엄청난 소식을 나한테 숨기고 있었던 거야?"

민봉팔이 변명했다.

"아니, 그런 게 아니라 아직 사귀는 단계가 아니니깐 조심한 거지. 절대 오해하지 마. 아직 데이트만 몇 번 했을 뿐이라고."

강철두가 민봉팔을 두둔했다.

"민 이사님의 말이 맞습니다. 정말 데이트만 몇 번 했더라고요. 그 상사의 그 부하 직원이라고 연애를 못하는 건 거의 비슷하더군요, 하하하."

정호가 배신감을 느낀다는 듯 말했다.

"어쭈? 강 이사도 알고 있었어? 그럼 나만 따돌린 거네?"

민봉팔이 억울해하며 대답했다.

"그게 어떻게 그렇게 되냐…… 그냥 저 두 사람의 눈치가 빨랐을 뿐이라고……."

하지만 민봉팔의 말은 정호의 심기를 더 건드렸다.

"그래, 그래. 난 이런 쪽으로 눈치까지 없다."

민봉팔이 아휴, 하고 한숨을 쉬었다.

강여운과 강철두가 민봉팔의 그런 모습을 보며 큰 소리

로 웃었다.

정호도 장난을 거두고 하하하, 하고 웃었다.

그러고는 민봉팔에게 조언했다.

"괜히 너무 시간 끌지 마라. 그러다가 멋진 고백의 기회를 상대방에게 빼앗길 수도 있다고."

그건 '전' 연애 고자가 '현' 연애 고자에게 보내는 애정 담긴 조언이었다.

◇ ◆ ◇

그렇게 하루가 또 지나갔고 다시 본격적으로 업무를 재개하는 날이 밝았다.

그사이 컬처 필드의 총기획팀과 프롬 프로덕션의 정 대표가 중국에 도착했다.

이로써 이번 프로젝트의 핵심이 되는 사람들이 전부 모였다고 할 수 있었다.

오후 2시경, 이 모든 인원들이 모여서 간단히 회의를 했다.

회의 내용은 특별하지 않았다.

가장 시급한 문제를 정리하는 수준이었다.

그리고 가장 시급한 문제는 명확했다.

그것은 바로 뛰어난 작가와 연출가를 구하는 일이었다.

'배우의 캐스팅도 중요하지만 이건 작가와 연출가를 구하고 난 뒤의 일이다. 게다가 이 부분은 충칭의 도움을 받는 것이 중요해. 아무리 캐스팅 권한을 전부 컬처 필드에 넘겼다고 해도 중국의 배우들에 대해서 잘 아는 건 역시 충칭 쪽이니깐.'

이렇게 상황을 정리한 정호는 회의가 끝나자마자 채 작가에게 전화를 걸었다.

다른 사람들도 할 수 있는 일이었지만 아무래도 채 작가와 가장 친분이 있는 정호가 전화를 거는 것이 여러모로 나았기 때문이었다.

대신 연출가를 구하는 일은 다른 사람들의 도움을 받기로 했다.

실제로 옆에서 민봉팔, 강철두, 정 대표가 열심히 전화를 돌리는 중이었다.

통화 연결음이 이어지는 사이 정호가 열정적으로 일하고 있는 세 사람을 힐끔 봤고 마침 그때 채 작가가 전화를 받았다.

"어머, 오 대표! 해외에서 어쩐 일이야? 전화비도 많이 나올 텐데."

정호가 대답했다.

"하하하, 전화비가 문제겠습니까? 채 작가님의 안부를 묻는 게 당연히 더 중요한 일이요. 잘 지내고 계시죠?"

두 사람은 간단히 안부 인사를 나눴다.

그리고 이야기는 금세 본론으로 넘어갔다.

정호도 정호지만 채 작가가 바빴기 때문에 일은 신속하게 진행됐다.

현재 채 작가는 정호의 요청을 받아 3개월 뒤 국내 시장에서 방영될 드라마의 대본을 집필하는 중이었다.

빠르게 본론으로 넘어가자 정호는 채 작가에게 좋은 작가가 없는지 물었다.

"글쎄…… 누가 있을까? 아, 그나저나 아쉽다. 내가 몸이 두 개라면 오 대표랑 일하기 위해 대본을 하나 더 썼을 텐데."

채 작가의 말에 정호가 웃으며 대꾸했다.

"하하하. 말씀만으로도 감사합니다. 작가님께서 그렇게 말씀해 주시니 이번 드라마도 잘될 것 같은 기분이네요."

"그게 무슨 소리야! 당연히 잘되겠지. 오 대표가 직접 움직이는 일인데…… 나는 진심으로 오 대표랑 같이 일하고 싶어. 오 대표는 그게 얼마나 안심이 되는 일인지 모르지?"

이럴 때는 대답을 하는 것보다 그저 웃는 게 낫다는 걸 알고 있는 정호였기에 대답 대신 하하하, 하고 웃어 보였다.

그러자 상황을 깨닫고 채 작가가 원래의 화제로 돌아왔다.

"아이고, 내 정신 좀 봐. 작가를 소개해 달라고 했었지? 그럼 혹시 나랑 같이 일했던 채영이 어때? 오 대표도 알지, 노채영?"

25장. 방해를 이겨내는 방법

　노 작가라면 과거 드라마 시장을 두고 아라 엔터테인먼트와 싸움을 벌일 때의 인물이었다.

　당시 채 작가의 퍼스트 보조 작가였던 노 작가는 아라 엔터테인먼트로 적을 옮겨 〈나의 화려한 싱글기〉라는 드라마로 채 작가와 한판 대결을 벌였다.

　하지만 채 작가의 드라마가 〈태양의 후계자〉였기 때문에 노 작가의 〈나의 화려한 싱글기〉는 완패를 당하고 말았다.

　'노 작가가 원해서 벌인 대결이라고 할 수도 없지. 아라 엔터테인먼트가 자본주의의 논리를 이용해 노 작가를 압박해 성사시킨 대결이었으니깐.'

어쨌든 그 대결 이후, 아라 엔터테인먼트의 드라마 시장 독점이 폭로되면서 노작가는 자연스럽게 다시 적을 옮길 수 있었다.

그렇게 적을 옮긴 곳이 프롬 프로덕션이었고 이후 노 작가는 서너 작품을 내리 성공시키면서 프롬 프로덕션의 중요한 기둥이 되었다.

'노 작가만이 아니지. 채 작가님의 제자들이 연이어 드라마를 성공시키면서 전부 프롬 프로덕션의 핵심 기둥이 되어 주고 있어. 다시 말해서 이들은 컬처 필드의 기둥이기도 하다.'

생각을 어느 정도 정리한 정호가 채 작가에게 대답했다.

"노 작가님을 모를 수가 없죠. 채 작가님의 퍼스트 보조 작가였던 분 아닙니까?"

채 작가가 동의하며 정호의 말을 받았다.

"응, 맞아. 채영이가 내 퍼스트였지. 어쨌든 중국 쪽 드라마라면 채영이랑 작업해 보는 게 좋을 거야."

정호가 노 작가의 스케줄을 대충이나마 가늠하며 말했다.

"노 작가님이 두 달 전에 작품을 끝내고 쉬고 있다는 얘기 들었습니다. 하지만 괜찮을까요? 중국 쪽 드라마 시장을 잘 알아야 할 텐데……."

정호의 말에 채 작가가 걱정 없다는 듯 말했다.

"그러니깐 채영이가 제격이지. 우리 쪽 사람들이야 레퍼런스를 얻기 위해서 워낙 국적 상관없이 모든 드라마를 다보긴 하지만 채영이가 유난스러운 부분이 있거든. 특히 그중에서도 중국 드라마 쪽에 관심이 많아서 연습 삼아 작품을 쓴 것도 있을걸?"

채 작가의 말을 듣고 보니 확실히 노 작가만큼 이번 일에 어울리는 사람은 없는 듯한 느낌이었다.

연습이라고는 하지만 작품을 썼다는 건 다른 작가들과는 차별화된 경험이 있다는 뜻이기 때문이었다.

"확실히…… 그 정도라면 믿고 맡길 수 있겠군요."

제자 사랑이 특별한 채 작가가 동의했다.

"물론이지. 오 대표랑 채영이가 함께 드라마를 제작한다면 분명 좋은 결과가 나올 거야."

채 작가와 통화를 끝낸 정호는 바로 노 작가에게 전화를 걸었다.

다행히 채 작가의 퍼스트 보조 작가였던 노 작가와는 몇 번이나 함께 작업을 한 경험이 있었던 덕분에 연락하기가 어색하지 않았다.

오히려 노 작가는 정호의 생각보다 반갑게 전화를 받았다.

"오! 안녕하세요, 총 대표님. 어쩐 일이세요? 지금 중국에 계신 거 아니었나요?"

정호의 대답했다.

"네. 안녕하세요, 노 작가님. 맞습니다. 지금 중국이에요. 잠깐 통화 가능하신가요?"

노 작가는 반가운 기색을 유지한 채 대꾸했다.

"물론이죠. 언제든 환영이에요. 만약 저한테 새로운 일을 주시려고 하는 거라면 더 환영이고요."

노 작가가 워낙 적극적이었던 덕분에 얘기가 금세 풀렸다.

이번 프로젝트에 합류하고 싶다는 의사를 적극적으로 밝힌 것이다.

"저한테도 총 대표님과 일할 기회가 찾아오는군요! 거절할 이유가 없죠! 무조건 하겠습니다!"

노 작가는 일단 자신이 연습 삼아 썼던 작품을 보내주기로 했다.

잠시 후, 메일로 대본이 도착했고 정호는 정 대표와 함께 대본을 검토했다.

먼저 대본을 전부 훑어본 정 대표가 말했다.

"괜찮은데? 우리가 생각하는 것보다 약간 규모가 작은 듯한 인상이 없지 않지만, 그 부분만 수정한다면 좋은 대본이 되겠어. 역시 노 작가가 감이 좋아."

자기 식구라고 정 대표가 끼고도는 듯한 느낌이 없잖아 있었지만, 이어서 대본을 끝까지 읽은 정호도 같은 생각을 했다.

'정 대표님의 말대로 규모가 너무 아기자기한 측면이 있다. 하지만 그런 장면들만 수정된다면 분명 좋은 대본이 될 거야.'

정호는 확신을 얻기 위해 민봉팔, 강철두의 추가 의견을 요청하여 받았다.

그런 뒤, 노 작가에게 피드백을 전달하는 동시에 이번 드라마를 꼭 함께하고 싶다는 의사도 표명했다.

노 작가는 다시 한 번 긍정적인 답변을 내놓았고 그렇게 노 작가의 합류가 확정됐다.

노 작가가 물었다.

"그럼 작품은 어떻게 할까요? 제가 보내드린 것으로 가는 거예요?"

정호가 다른 사람들과 합의한 사항을 전달했다.

"그래도 상관없을 것 같지만 새로운 작품의 트리트먼트도 한 편 보고 싶습니다. 아무래도 큰 프로젝트이다 보니 신중을 기하고 싶거든요."

노 작가가 대꾸했다.

"물론이죠. 그럼 추후 일정이 잡힐 때까지 트리트먼트 대본을 써보도록 할게요."

얼마 후, 트리트먼트 대본이 나왔다.

그리고 작품까지 완벽하게 결정됐다.

작품은 노 작가가 이전에 연습 삼아 써놨던 〈사랑해, 붉은 달〉로 가기로 했다.

트리트먼트 대본도 나쁘지 않았지만, 아무래도 부분 수정을 거친 〈사랑해, 붉은 달〉 쪽이 완성도가 높을 수밖에 없었다.

'세상 어딘가에서 커다란 자연재해가 일어난 날, 주인공만 볼 수 있는 붉은 달이 뜨고, 그럴 때 주인공이 금사빠가 되어 버린다는 설정도 무척이나 특별하다. 분명 중국 드라마에서도 먹힐 만한 설정이야. 이걸 버릴 수는 없지.'

그사이 컬처 필드는 〈사랑해, 붉은 달〉을 중국어로 번역해 줄 업체와 계약을 체결했다.

강철두가 발로 뛰어 따낸 계약이었다.

번역이야 중국 유학생을 아르바이트생으로 써도 되는 일이지만 그렇게 하면 당연히 번역의 질이 떨어질 수밖에 없었다.

게다가 번역을 전문적으로 우수하게 처리해줄 수 있는 업체는 손에 꼽힐 정도로 적었다.

하지만 강철두는 손에 꼽히는 업체 중 한 곳과 계약을

하는 데 성공했다.

물론 그 과정이 쉽지만은 않았다.

"미네르바 쪽에서 번역 업체를 전부 포섭하려고 한 탓에 어려움을 겪었습니다. 계약 자금의 커트라인을 넉넉하게 책정하지 않았으면 큰일 날 뻔했어요."

작은 부분에서부터 벌써 더러운 술수를 펼치고 있는 미네르바였다.

그리고 앞으로도 이 정도 수준의 견제는 계속 들어올 가능성이 높았다.

'모든 일에서 서둘러야 한다. 서두르지 않으면 작지만 치명적인 피해를 볼 가능성도 배제할 수 없어. 그나마 다행인 점은 충청의 후광 효과 덕분에 미네르바가 직접적인 방해를 하지 않는다는 것이지.'

정호는 다시 한 번 신속하게 움직일 것을 다짐했고 곧바로 연출가를 구하는 데 난항을 겪고 있는 민봉팔과 정 대표를 지원하기로 했다.

정호가 합류하자 정 대표가 현재까지의 상황을 정리해 말해 줬다.

"중국에서 생활하며 촬영을 해야 하는 일이니깐 다들 부담스러워하는 거 같아. 작품이 나오면 그때 얘기를 해보자고 하더라고."

정호가 고개를 끄덕이며 답했다.

"하긴 그럴 수밖에 없겠군요. 그나마 노 작가가 완성된 대본을 빨리 줘서 다행입니다."

부분 수정을 거친 노 작가의 대본은 현재 4화까지 완성된 상태였다.

아무래도 뒷부분은 추가적인 수정 작업이 필요했다.

대본 전체를 고치기엔 시간이 촉박했기 때문이었다.

정호가 말을 이었다.

"충쳉에서도 긍정적인 평가를 받은 만큼 4화까지 완성된 대본을 보내서 연출가와 접촉해야 할 것 같습니다. 한국에 들어간 봉팔이한테 대본을 보내주세요."

정 대표가 대답했다.

"오케이. 그렇게 할게."

그렇게 말한 뒤, 정호도 귀국을 준비했다.

채 작가만큼의 연결고리가 없는 이상 전화 통화만으로 작가를 구하기는 사실상 불가능했다.

그런 까닭에 정 대표와 강철두에게 현장 지휘를 맡기고 정호는 귀국하기로 결정한 것이다.

정 대표는 그렇다 치고 강철두가 귀국을 해도 됐지만, 얼마 전에 번역 업체 계약을 위해 한국을 다녀온 강철두에게 또 다시 귀국하라고 하기에는 미안한 감이 없잖아 있었기 때문이었다.

정호에게 해당 사실을 전해 듣고 강철두가 말했다.

"확실히 누군가가 귀국을 해서 민 이사님을 돕는 쪽이 나을 것 같습니다. 중국에서 작업을 하는 게 부담스러운 건지 대본을 읽어보고도 확답을 주는 연출가가 없더군요. 미네르바와의 싸움에 끼어드는 것에도 두려움을 느끼는 듯하고요. 하지만 제가 또 한국에 들어가도 되는 일인데……."

정호가 그렇게 말하는 강철두의 어깨를 토닥이며 말했다.

"괜찮아요, 강 이사. 또 다녀오면 너무 힘들잖아요. 내가 봉팔이랑 함께 좋은 연출가를 구해올 테니까 현장을 부탁할게요."

◇ ◆ ◇

한국에 도착한 정호가 마주한 상황은 강철두의 말대로였다.

연출가들은 중국 생활과 미네르바와의 대결을 굉장히 부담스러워했다.

그리고 이러한 사정에 미네르바가 연루돼 있다는 걸 어렵지 않게 알 수 있었다.

미네르바가 연출가들과 끈덕지게 접촉하면서 컬처 필드와의 계약에 겁을 주고 있었던 것이다.

그동안 여러 연출가들과 접촉하면서 고군분투한 기색이 역력한 민봉팔이 말했다.

"어떤 더러운 수를 쓴 건지, 계약 얘기만 나오면 연출가들이 손사래를 치며 도망부터 가더라고. 협박이라도 한 건지, 참……."

코끼리팩토리 때도 악명이 높았던 한경수였다.

당시에는 사성 그룹과의 연결고리가 공식적이지 않았음에도 불구하고 엄청난 영향력을 행사했다.

물론 더러운 쪽으로.

그런 상황에서 사성 그룹과의 연결고리가 공식적으로 변했으니 힘을 얻은 한경수가 더 날뛸 수밖에.

정호가 말했다.

"하지만 어쩔 수 없지. 미네르바와의 대결이 시작되면서 각오한 일이기도 했으니깐. 긍정적인 답변을 주는 연출가가 하나도 없는 거야?"

민봉팔이 답했다.

"현재 둘 정도 있어. 근데 실력이 만족스러운 인물들은 아니야. 실력이 있어서 프리랜서가 됐다기보다는 실력이 없어서 방송국에 쫓겨난 인상이 강하달까?"

정호가 후보자들의 이름을 들어보니 민봉팔의 평가가 정확했다.

두 사람을 중국으로 데려가기에는 확실히 애매한 구석이 있었다.

정호는 민봉팔과 머리를 맞댄 채 괜찮은 연출가를 찾기

매니지먼트의 제왕 8

위해 후보군을 추렸다.

하지만 아쉽게도 마땅한 연출가가 없었다.

이미 미네르바에 포섭됐거나 지레 겁을 먹은 연출가가 대부분이었다.

또 방송국 소속으로 묶여 있는 경우도 허다했다.

정호가 한숨을 내쉬며 말했다.

"휴…… 이 정도로 마땅한 연출가가 없을 줄은 몰랐는데……."

구원의 동아줄이라고 해야 할까.

MBS 사장의 오른팔인 김 PD에게 전화가 걸려온 것은 그때였다.

"아, 총 대표님. 잘 지내고 계십니까?"

정호가 답했다.

"물론이죠. 잘 지내고 있습니다. 중국 드라마를 함께할 연출가를 구하기가 힘들다는 것만 빼고는요."

김 PD가 웃으며 말했다.

"하하하. 저도 들었습니다. 제 버릇 개 못 준다고, 미네르바가 하는 짓이 아주 치졸하더군요. 그래서 전화를 드렸습니다."

정호는 혹시나 하는 마음으로 물었다.

"설마…… 김 PD님께서 연출가를 소개해 주시려는 겁니까……?"

김 PD가 장난기 어린 목소리로 대답했다.

"네, 그러려고요. 아직 컬처 필드에서 좋은 연출가를 구하지 못했다면요."

정호가 서둘러 답했다.

"아직 못 구했죠. 소개해 주시면 정말 감사하겠습니다. 그런데 누구를……?"

아무리 생각해 봐도 김 PD가 소개해 줄 만한 연출가는 마땅히 떠오르지 않았다.

왜냐하면 김 PD가 아는 연출가의 대다수가 이미 MBS 소속이기 때문이었다.

하지만 김 PD로부터 전혀 예상하지 못했던 대답을 흘러나왔다.

"아마 총 대표님도 아시는 분일 겁니다. 저희 MBS 소속의 유명한 드라마 PD이시거든요.

〈9권에 계속〉